光文社古典新訳文庫

ほら吹き男爵の冒険

ビュルガー

酒寄進一訳

kobunsha classics

光文社

Title : Wunderbare Reisen
zu Wasser und zu Lande
- Feldzüge und lustige Abenteuer
des Freiherrn von Münchhausen
1786, 1788
Author : Gottfried August Bürger

ほら吹き男爵の冒険◎目次

実在した人物、ミュンヒハウゼン男爵をモデルとした「ほら吹き男爵」物語群の成立過程は紆余曲折している。一七八一年にベルリンでエピソードがまとめられて出版されたのち（作者不詳）、一七八五年にはラスペという人物により加筆・英訳されたものが出版された。ビュルガーが、このラスペ版をドイツ語に再翻訳し、翻案・創作を含め大幅に加筆したものが、本書の底本「ビュルガー版」である。政治的風刺を多分に含むためビュルガー存命中は匿名で出版された。作品の成立事情は「解説」で詳述する。

（訳者）

英語版編者の緒言

本書に収めた物語の大半に寄与したるミュンヒハウゼン男爵は、ドイツの名だたる貴族の出である。この一族は当国の各地に尊敬措《お》くあたわざる著名人を輩出してきた。男爵本人はなにより名誉を重んじ、じつに独特なユーモア[1]の持ち主である。ひねくれ

1　原語はLaune（ラウネ）。ルドルフ・エーリヒ・ラスペ（一七三六―九四）の英語版（ビュルガーが底本とした第五版は確認できなかったので、初版による）の緒言では「ユーモア」（humour）と記されている。ラウネは元来「気分」を意味する語だが、当時は英語の「ユーモア」の訳語に当てられていた。グリム・ドイツ語辞典の「Laune」の項によると、ドイツ啓蒙思想の代表的な人物ゴットホルト・エフライム・レッシング（一七二九―八一）が英語の「ユーモア」にドイツ語の「ラウネ」を当てていたという。ただしのちにそれを撤回しているらしい。またビュルガーよりもすこしあとの世代のドイツの作家ジャン・パウル（一七六三―一八二五）は『美学入門』（一八〇四年）の中で「ユーモア」と「ラウネ」は別物として峻別《しゅんべつ》している。十八世紀末から十九世紀初頭のドイツにおけるイギリス文化理解の推移が垣間見える。

た人々に真っ当な分別を持たせることはいかにも困難だが、救いようのない独善家を集めて煙に巻き、五感を揺さぶることはたやすいと男爵は悟った。そこで人々に反駁《はんばく》することはやめ、まずは瑣末《さまつ》なことでうまく話題をそらし、それからやおら旅と遠征と愉快な冒険の話をした。その話術たるや独特ではあるが、奥ゆかしくもある。慎み深く申せば、長いナイフを隠し持ち、それでこっそりくすぐり、化けの皮をはぐ類《たぐい》といえる。

こうして男爵の話のいくたりかをまとめ、読者諸氏に提供する。悪名高きほら吹きどもとかかわってしまった方々にいかなるときもお役に立ちたいと念じたからにほかならない。真実に仮面をかぶせ、真面目な顔で嘘偽りを喧伝する者はよくいるもので、連中は厚顔無恥にも、耳をかたむけてしまった不幸な人々をだます。

本書は四版までまたたく間に売り切れた。「偽りを懲《こ》らしめる者」という題名の方が適切だったともいえるほどだ。これは道徳的たらんとする人々の最終目的に光を当てたからにほかならない。

これなる第五版には大幅な加筆が施されている。これらの加筆が接木された幹にふさわしいことを願うものである。

ドイツ語版に寄せて

なんとも奇妙なこともあるもので、ここに収めた話はもともとドイツの地で生まれ、祖国で人口に膾炙《かいしゃ》するうちに姿形を変え、外国で編纂され、印刷されて世に広く知られるようになったものである。どうやらこの件でも、ドイツは自国の文物を見る目がなかったことになる。イギリス人の方が、ユーモアのなんたるかがわかっているようだ。ユーモアを高く買い、それを有することがその人物にとっていかに名誉なことかを熟知している。まあ、このくらいにしておこう。口うるさい作家連中はいろいろというだろうが、自国が産んだ文物を外国から輸入することになった事実は変わらない。

とにかくこれなるささやかな物語集は両国で評判になった。英語版原作はすでに五版を数え、ドイツ語翻訳も新版をだすことになった。最新の英語版に見られる増補は採用したが、一字一句同じくしようという小心な真似はせず、ところどころ原作にないからけしからんといわれそうな加筆もしている。つまりこのドイツ語版第二版は、第一版と同様に原作をそのまま写したものではなく、恣意《しい》的に改変することも可であるわが国固有の財産として原作を扱った結果生まれたものである。

　なるほど、このささやかな書はたしかに体系的な学術書ではないし、論考、注解、梗概、綱要の類でもない。わが国一流の○○アカデミーや○○協会のどんな部門とも無縁である。それでもさまざまな点で健全にして有益である。英語版編纂者は本作が大いに有用であることを喧伝し、それが最初にこの物語を語った人物の意向に合致するといっている。

　本書を評したあるイギリスの批評家は、議会でがなりたてている者たちもこれを読めば、多少は鳴りをひそめるだろうと書いている。それでも本書はあくまで無邪気な笑いを誘うものでしかない。この序文を書いている小生が、本書向きの読者諸氏に向かってしかつめらしく、司教然として祭服と襟《えり》飾りとかつら姿で登場することはないだろう。本書は一見、小さく薄っぺらのようだが、かといって分厚く尊敬に値する数《あま》多《た》の本に見劣りするものではない。あちらには笑いも涙もないし、すでに凡百の分厚く尊敬に値する本に書かれていること以外にはなにも見出せないものである。というわけで、とうの昔に忘れ去られたロレンハーゲンの『蛙鼠合戦《あそがっせん》』[2]の序文から少々引用するのも悪くないだろう。すこし今風にアレンジするとこんな感じだ。

髭《ひげ》も真っ白、がりがり亡者
教えをたれれば、がみがみぶうぶう
　愉快な話に聞く耳持たぬ。
こんな御仁《ごじん》は荷物まとめて退散願う！
いずれ機会改めて
そのご高説とやらうかがいましょう。
といっても鼻に青あざ作り、
白髪白髯《はくはつはくぜん》なったのちのこと。
さもなくば、まあそのうちに。

2　ゲオルク・ロレンハーゲン（一五四二―一六〇九）。ドイツの教育者、作家。一五六七年ヴィッテンベルク大学で神学修士となり、一五七五年マグデブルク私立学校校長を務める。一五九五年に叙事詩『蛙鼠合戦（Froschmeuseler）』を出版。これはホメロスの作とされる叙事詩『イーリアス』を蛙と鼠の戦争に置き換えたパロディ『蛙鼠合戦（Βατραχομυομαχία）』の翻案で、宗教改革時代の世相を反映した風刺的な内容。

ヴェアムートなる薬酒、効くようでいて効かない。
できたてのワイン、
とりたてのハチミツとて大差なし。
新しい味を求めるは必定。
いつも同じでは味気ない、
頑固一徹の老骨と大同小異。
千変万化こそ楽しく有益なこと。
時間の無駄といくらでも因縁つけるがいい。
かえって身も心もふるいたつ。
軽くいなしてみせよう、
神のみ名において、では、はじまり、はじまり。

ミュンヒハウゼン男爵のすばらしい旅行記
海と陸、遠征、愉快な冒険の数々

男爵は友に囲まれ、酒酌み交わしながらこれを語る。

英語版の最新版より翻訳し、ところどころ追補し、
さらに銅版画にて飾る。

ロンドン　一七八六年

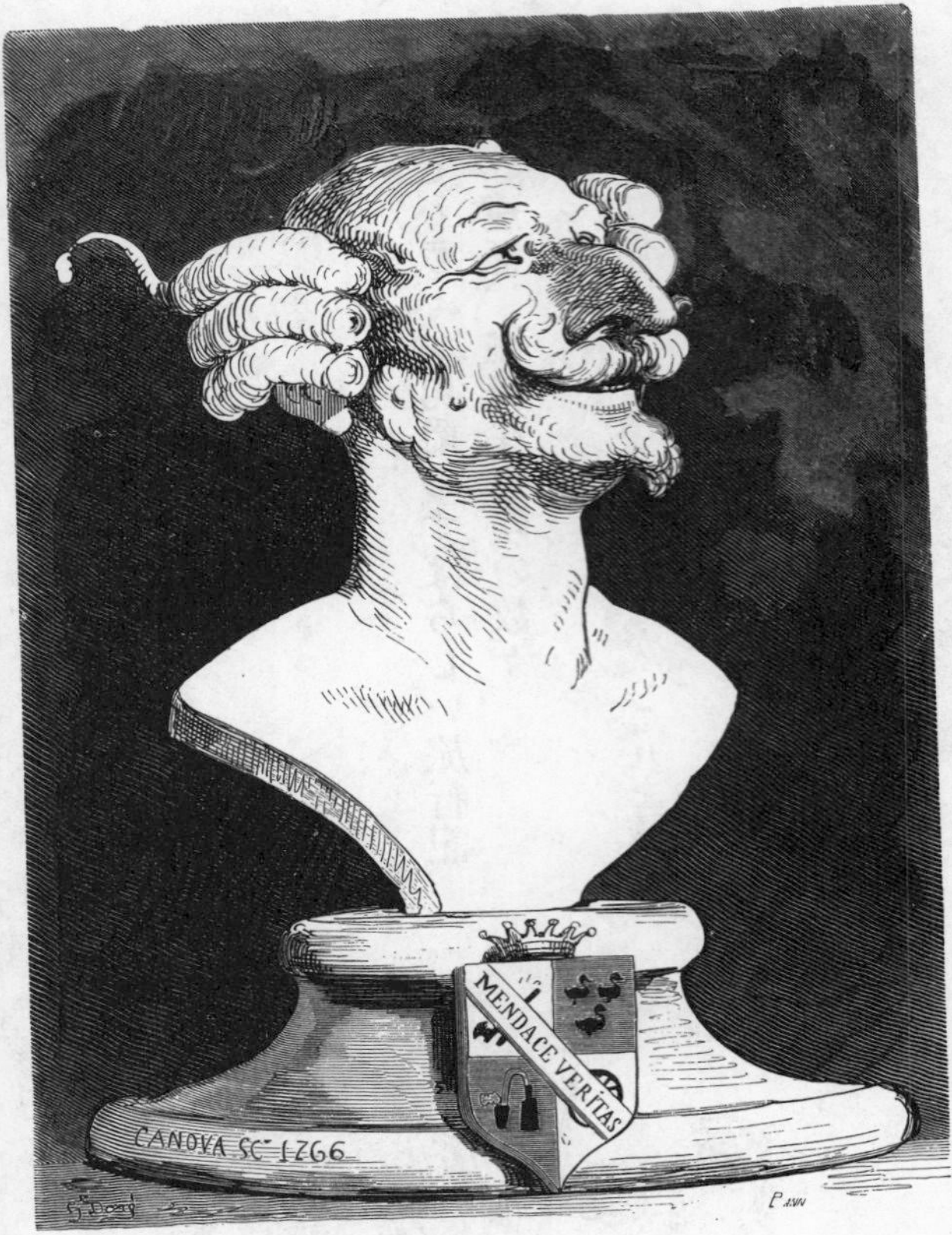
MENDACE VERITAS
CANOVA SCT 1766

誉れ高きみなさん、信じたまえ！
利口な者は語ることを好む。

ミュンヒハウゼン男爵自身の話

故郷をあとにし、ロシアをめざす旅。出立したのは冬の最中。ドイツの北部からポーランド、クールラント[3]、リヴォニア[4]を辿《たど》る旅の空。氷と雪に覆われれば、かえって好都合。旅人はみな、いうではありませんか。かの地への旅路は美徳で名を成すよりもはるかに過酷なり、と。諸国の役所に無駄な出費を仰《あお》がずにすむのもいいと思いまして。

小生は馬の背に揺られて旅立ちました。人馬ともに意気軒昂《けんこう》、これにまさるものはなし。

途中立ち寄る駅馬車の中継地で上品ぶったドイツ人駅長と名誉の決闘に至るのも面倒ですし、酒場を見つけるたびに駅長配下の酒癖悪い御者に絡まれるのも御免こうむりたい。ただ如何《いかん》せん軽装の旅支度。北東へ馬を進めるにつれ、これはまずいと思ったわけです。

ポーランド北東の荒野に辿り着くと、ひとりの老人がなすすべもなく、ふるえながら横たわっていました。どうか想像していただきたい。かくのごとき過酷な天候のなか、かくも荒涼たる土地で暮らす哀れな老人の心中いかばかりか、と。しかもその身を包む服とてないしまつ。

この哀れな御仁《ごじん》には心が痛みました。小生も心臓まで凍りつきそうでしたが、そこを堪《こら》えてその御仁に旅のマントをかけてやったのです。

3　ラトビア西部地域の旧名。
4　ラトビア東北部からエストニア南部にかけての地域の旧名。

するとどうでしょう。天から声がするではないですか。小生の慈愛こそ褒むべきことばかりにこうのたまったのです。

「汝《なんじ》に報いがなければ、悪魔にこの身を捧げよう！」

それはありがたいと、小生は馬を駆り、そのうち夜の帳《とばり》が下りました。ところが耳を澄ましても、目を皿にしても、どこにも村がある様子はありません。見渡すかぎりの雪野原。進退極まるとはこのことです。

馬にまたがるのにも疲れ、とうとう馬を下りて、雪から突きでた棒杭の先端に馬をつなぎました。念のため二丁の拳銃を持ってすこし離れた雪の中に寝ころび、ぐっすり眠ったのですが、目が覚めると、真っ昼間。おどろいたことに、いずことも知れぬ村の墓地に寝ているではないですか！　馬はどこを探しても見当たりません。ほどなくして、なんと頭上からいななきが聞こえました。見上げると、教会の塔のてっぺんに据えられた風見鶏に馬がつながれて、ぶら下がっています。なるほど、と小生はすぐに察しました。そこは雪深い寒村で、天候が急変し、寝ているあいだに雪が解けて、小生はゆっくり地面まで下りてしまったにちがいありません。闇の中で棒杭だと思って馬をつないだのは、なんと教会の塔の上の風見鶏だったのです。

小生はさっそく一計を案じて拳銃を構え、馬の手綱《たづな》めがけて一発ずどん。運よく命中。馬を取りもどし、旅をつづけました。

それからは万事うまくいき、ロシアの地に着きました。ところがかの地では、冬の最中に馬で旅をするのは流行ではありませんでした。「郷に入れば郷に従え」というのが平素より小生のモットー。一頭立ての小さな馬ぞりを仕立てて、意気揚々とサンクト・ペテルブルクへ向かいました。

あれはエストニアかイングリア[5]か定かではないのですが、忘れもしないとある恐ろしい森で、身の毛もよだつオオカミに追いかけられるという事件がありました。冬場で飢えていたのか、すさまじい速さで、たちまち追いつかれそうになりました。どうにも逃れられそうにありません。小生はそりの中に身を伏せ、あとは馬任せ。

その直後、思いがけないことが出来《しゅったい》したのです。オオカミの奴、小生など眼中になく、頭上を飛び越えると、馬に襲いかかり、そのまま哀れな馬の尻にがぶり。馬は恐怖と苦痛でますます速度を上げました。うまく難を逃れたと思ってそっと顔を上げるなり、腰を抜かしまし

5 ネヴァ川流域の古い名称。

た。なんとオオカミの奴め、馬を食い破って、その中にすっぽりもぐり込もうとしているではないですか。あやつが見事に馬の中にもぐり込むのを待ち、小生はいまだとばかりに、馬の毛皮の上から奴の体を鞭《むち》でびしばし打ちすえました。毛皮の中にいた奴はこの仕打ちに驚愕《きょうがく》し、必死に前へ前へと走る走る。すると馬の残骸が地面にずるりと落ち、なんと馬具一式がすっぽりオオカミにはまったのです。

鞭をふるう手はゆるめませんでした。こうして飛ぶがごとき速さでつつがなくサンクト・ペテルブルクに到着。小生とオオカミ双方にとって思いもよらない結果となり、目にした方々のおどろきようも、それはそれは大変なものでした。

国家体制や芸術や学問など絢爛《けんらん》たるロシア帝都の見所についていくらとりとめのない話をしても、みなさんには退屈なだけでしょう。それでは申し訳が立ちません。かといってマダムがウォッカや接吻《せっぷん》で客を迎える上流社会の手練手管《てれんてくだ》や愉快な火遊びについてお話しするのも気が乗りません。どうせならみなさんの関心の的である偉大で高貴なもの、つまり小生が愛してやまない馬や犬について触れたいと思います。次いでキツネ、オオカミ、クマについて。ほかの猟獣もそうなのですが、ロシアにはそうした獣が腐るほどいるのです。

それはともかく、狩り遊びや武芸などの栄えある嗜《たしな》みに話題を移しましょう。貴族たる者、身につけるべきはまさにそれであり、かび臭いギリシア語やラテン語とか、フランス気取りの匂い袋や装身具やダンスのうまさではありません。そうそう、髪をカールするのもいただけませんな。

ロシアで予定している軍務に就くまで少々時間があったので、小生は二、三カ月、心おきなく自由を満喫しました。世の貴族に恥じないだけ時間と金を使いました。夜毎、カード遊びに興じ、グラスを打ち合わせたものです。寒冷な土地柄なので、この国の風習でもありますが、ロシアでは真面目一辺倒のドイツよりも酒づきあいが大事です。思えば、酒飲みとして真の高みに達した人物によく出会いました。

しかしそんな方々でさえ、ある日同席した、赤銅《しゃくどう》色に日焼けした白髪の将軍に比べたら足元にも及びますまい。そのご老体はトルコとの戦で頭蓋の上半分を失っていまして、はじめて顔を合わせる人がいると、いつも食事の席で帽子を脱げない理由をていねいに詫《わ》びるのです。そのご老体、食事中ブランデーを数本空にしたのち、アラック酒を[6]一本あけるのが常でした。ときにはこれを何度か繰り返したこともあります。それでいて、一度として酔った様子を見せなかったのですからあっぱれというほかありません。

信じられないようですね。お気持ちはわかります。小生とて信じがたかったのですから。なぜそんなに飲んでも平気なのか、長いこと説明がつかずにいたのですが、あるときたまたま真相に行き当たりました。

かの将軍、じつはときおり帽子をちょいと持ち上げる癖がありました。その仕草をよく見かけましたが、はじめのうちはなにも不思議に思うことはありませんでした。帽子をかぶっていれば頭が蒸れます。空気を入れるのは当然のことといえます。

しかしあるとき頭の蓋にしている銀のプレートが帽子といっしょに持ちあがることに気づいたのです。プレートが上がると湯気がもやっと霞《かすみ》のごとく立ちのぼるではないですか。きっと飲んだ酒にちがいない。これで一気に謎が解けました。小生は数人の友人にそのことを話しました。話題にしたのがちょうど夕刻だったので、実験をしてみることにしました。

パイプを持って将軍の背後に立ち、将軍が持ちあげた帽子を下ろすと湯気を紙で受け、それに火をつけたのです。これはもう珍しくも美しい見ものでした。将軍の頭から立ちのぼる湯気が一瞬にして火柱になり、帽子のまわりに漂っていた湯気が見目うるわしい青い炎と化して、聖人の中の聖人の頭上にこそ光り輝くような見事なオーラを放ったのです。小生の実験に、将軍が気づかぬわけがありません。ところが当の将軍は腹を立てるどころか、その実験をもっとやりたまえとお許しくださった。将軍はかくして太っ腹な方としてさらに名を上げた次第です。

6 中近東を中心に造られてきた伝統的な蒸留酒。

この頃、小生はほかにも愉快な体験をしましたが、その話は端折《はしょ》らせてもらいます。みなさんには狩りの体験談をいろいろ披露したいと考えているからです。そちらの方がはるかに珍妙でおもしろいと思うのです。おわかりと思いますが、小生はだれでも入れる森林猟区を好み、腕に覚えのある者と自認しています。そういうところでないと味わえないさまざまな楽しみ、そして小生のいかなるおふざけも成就させてくれる並外れた幸運、そういうもののおかげでいまでも忘れられない最高の思い出があります。

ある朝のこと、寝室の窓からすぐそばの池を見ると、なんと野ガモがびっしり水面を埋めつくしているではありませんか。さっそく部屋の隅に立てかけておいたフリントロック式銃をひっつかみ、勇んで階段を駆けおりました。ところがあわてたため、うかつにも戸口の柱と鉢合わせ。目から火花が飛びました。しかしそんなことでくじける小生ではありません。射程距離までくりだしました。

ところが狙いをつけてみたら、いまいましいことにさっきの激突で撃鉄の燧石《フリント》が外れていたのです。さあ、困った。ぐずぐずしてはいられない。そのとき、さっき目から火花が散ったことを思いだし、火皿を開けて、野ガモに照準を合わせ、拳骨《げんこつ》で小生の目をごつん。この一撃でふたたび火花が散り、ずどんと散弾が飛びました。獲物はつがいの野ガモ五組に、ヒドリガモが四羽、オオバン二羽。

機転がきくのは、男子たる者の甲斐性《かいしょう》。兵士や水夫はその機転ゆえに危険を逃れられるもの。猟人もまた、その機転によって幸運に恵まれることがめずらしくないのであります。

そういえばあるとき、獲物を求めて歩くうち、とある湖に数十羽の野ガモがてんでんばらばらに泳いでいるのを見つけました。散弾といえど一発で何羽も仕留めるのは無理な相談。しかもあいにく弾は一発しか残っていない。それでもこの野ガモを一網打尽にしたかった。というのも、近々たくさんの友人知人を招いて宴会をひらきたいと思っていたからです。そこで思いついたのが、腹の足しにと狩猟カバンに入れておいたベーコンの残りでした。持っていた長い紐《ひも》にこれをゆわえつけました。紐はあらかじめほぐして、すくなくとも四倍の長さにしておきました。

小生が岸辺の葦《あし》の茂みに身をひそめてベーコンのかけらを投げてみると、しめしめ、近くにいた野ガモがすいすい泳いできてぱくり。ほかの野ガモもそれにならいました。ベーコンは脂でつるつるしていますから消化されずに尻から出てきて、それを次のがぱくり。するとまたつるりと出てきて、またぱくり。そうこうするうちにベーコンは紐からはずれることなく、そこにいた野ガモすべてのお腹を通りました。こうして野ガモは紐に通した真珠さながらにつながった次第です。

小生は喜び勇んで連中をたぐり寄せました。紐を肩から胴にかけて六回は巻いて家路につくまではよかったのですが、屋敷まではだいぶあります。大量の野ガモの重さに息が切れ、一網打尽にしたのはうかつだったと後悔しました。

ちょうどそのとき、すごいことが起きたのです。これには面食らいました。野ガモはみんなまだ生きていて、最初のショックから立ち直ると、羽ばたきだして、小生もろとも空に舞いあがったのです。たいていの人ならあわてふためくところでしょう。しかし小生はこの逆境を懸命にはねかえし、上着のすそを舵《かじ》代わりにして自宅の方へとうまく誘導しました。

こうしてわが家の上まで来たところで無事に空から降りる算段をしました。野ガモ

G. Doré
V. TROUVÉ SC

を一羽ずつしめて、ゆっくりと高度を下げ、うまいこと煙突を通り抜けて台所のかまどに着地したのです。幸いかまどにはまだ火がついていませんでした。コックは腰を抜かすほどおどろきましたがね。

似たようなことはヤマウズラでも経験しました。新しい銃を試し撃ちしようと出かけたときのこと、手持ちのわずかな散弾をすっかり撃ち尽くしたと思ったら、意外なことにすぐそばでヤマウズラの群れが飛び立ったのです。こいつは晩の食卓にお誂《あつら》え向きと思い、一計を案じました。自信を持っておすすめしますが、みなさんも、いざというときやってみるといいでしょう。

ヤマウズラの群れが降り立った場所を確認す

ると、まず銃に火薬を詰め、散弾の代わりに弾込め用の棒を装塡《そうてん》。付け焼き刃ですが、棒の先端をけずって尖《とが》らせもしました。それからヤマウズラの群れに忍び寄り、引き金をしぼりました。ヤマウズラどもはいっせいに飛び立ちましたが、うれしいことに、棒は七羽をみごと串刺しにしてすこし離れたところにゆっくり落ちました。ヤマウズラどももさぞかしおどろいたことでしょう。まあ、頭は生きてるうちに使えというわけです。

また別のとき、ロシアの鬱蒼《うっそう》とした森で、それはそれは美しい黒ギツネに出くわしました。貴重な毛皮は銃弾や散弾で穴をあけてはもったいない。見ると、ライネケ[7]め、木のそばに立っているではないですか。小生はすかさず銃弾を銃身から抜きだして、頑丈な板釘を装填し、発砲

7 原語はReineke。悪知恵にたけたキツネの代名詞。中世フランスの動物説話に登場するキツネのルナール（Renart）のドイツ語名。ドイツ語圏では一四九八年に刊行された『ライネケギツネ』（Reynke de vos）が人気を博し、ビュルガーが生きていた時代では一七五二年にヨハン・クリストフ・ゴットシェート（一七〇〇―六六）が手がけた翻案が知られていた。文豪ヨハン・ヴォルフガング・フォン・ゲーテ（一七四九―一八三二）も一七九四年に叙事詩『ライネケギツネ』（Reinekefuchs）を書いている。

しました。見事命中。尻尾《しっぽ》が木に釘付けになりました。小生はゆっくり黒ギツネのところへ行くと、猟刀を抜いて奴の顔を十字に切り、鞭をふりました。奴め、たまらず美しい毛皮からするりと抜けました。あれは摩訶《まか》不思議で、じつに痛快でしたな。

偶然と幸運は多くの失敗の帳尻合わせをしてくれるもので、まもなくウリ坊と雌イノシシが一列になって駆け去るのを目撃しました。弾ははずしました。するとウリ坊は逃げ去ったのですが、雌イノシシが地面に根が生えたかのようにじっと立ち止まったのです。身じろぎひとつしません。これはけったいなことと思い、仔細《しさい》に見てみると、雌イノシシは盲目で、ウリ坊の切れた尻尾をくわえています。孝心厚い子どもに先導してもらっていたのでしょう。ところが小生の弾が二頭のあいだを飛び抜けた拍子にウリ坊の尻尾を撃ち抜き、老いた雌イノシシは切れた尻尾をそのままくわえていたというわけです。導き手が引っ張らなくなったものだから、雌イノシシは立ち止まるほかなかったのです。そこで小生はウリ坊の切れた尻尾をつかみ、老いて頼るものなきイノシシをいともやすやすと屋敷まで連れ帰ったのでありました。

雌イノシシはよく大暴れしますが、雄イノシシはその比ではありません。凶暴で危険です。昔、森で雄イノシシに出くわしたことがあります。まったくの不意打ち。攻撃はおろか、身を守る心の用意もありませんでした。奴がこちらへ猪突猛進してくるまさにそのとき、小生は木の陰に身を隠しました。いやあ、危機一髪。奴の牙《きば》が木に突き刺さり、にっちもさっちもいかなくなったのです。

「ははは！　覚悟しろ！」

小生はさっそく石を拾い、ハンマーよろしく牙に向かって打ちおろしました。牙は木に深々と食い込み、完全に抜くことができなくなりました。かくして奴は、小生が近くの村から荷車と縄を取ってくるまで、その恰好《かっこう》で辛抱することになりました。小生は奴をそのまま生けどりにして屋敷に運びました。万事上々というわけです。

ところでみなさんは、猟師と鉄砲撃ちの守護聖人フベルトゥスのことはご存じでしょうか。聖フベルトゥスさまが聖なる十字架を眉間《みけん》にいただいたりっぱなシカに出会ったことは有名な話。小生は毎年、この聖人さまに供物を捧げておりますし、教会に描かれたり、フベルトゥス騎士団[8]の星章にあしらわれたりしているこのシカを何千回となく目にしています。ですから実直な猟師の名誉と良心にかけて、十字架のシカが昔はともかく今ではこの世に存在しないなどとは口が裂けてもいえません。それより小生がこの目でしかと見たことをお話ししましょう。

ある日、鉛の弾をすべて撃ち尽くしたときのこと、この世のものとは思えないりっぱなシカが忽然《こつぜん》とあらわれたのです。シカは平然と小生の目を見すえました。弾入れがすでに空なのはお見通しのようでした。小生はすかさず銃に火薬を詰め、チェリーから大急ぎで取りだした種をひと握り装塡したのです。そして奴さんの眉間めがけてずどんとやりました。これに面食らったようで、シカの奴、ふらっとしたかと思うと、そのまま一目散に逃げていきました。

それから一、二年した頃、おなじ森で狩りをしまして、なんとまたあのりっぱなシカに出会ったのです。そのシカときたら、角のあいだに元気に育った桜の木を生やし

G Doré

ていました。その高さ十フィート〔約三メートル〕。小生は前回の顚末《てんまつ》を思いだしました。このオオジカを逃してはならじとばかり一発で撃ち倒し、シカ肉とチェリーソースを同時にいただくという一石二鳥となりました。というのも、木にはチェリーがたわわに実っていたからです。これほど美味なチェリーを食すのは生まれてはじめてのことでした。

聖フベルトゥスのシカもどうでしょうか。どこかの熱心な猟師か、狩り好きの修道院長か司教さまが小生同様、シカの眉間にチェリーの種を植えつけたのかもしれません。なにせあの方々は古来、種まきがうまいことで有名ですし、いまもそういうところがあるでしょう。腕に覚えのある猟師であれば、一か八かという窮地にすくなからず出会うもの。そういうときこそ、逆に好機ととらえてなんでもやってみるべきです。小生もそうした試練に何度となく身をさらしてきました。

たとえばこんな例も。

ポーランドの森で日も落ち、弾も尽きたときのこと、家路についた小生をひとのみにしようと、恐ろしいクマが大口をあけて襲いかかってきたのです。あわててポケットに火薬と鉛弾がないか探しましたが無駄でした。見つかったのは燧石《フリント》ふたつだけ。念のため予備を日頃からたずさえていたのです。そのうちのひとつを渾身の力を込めて奴の大口に投げ入れました。奴さん、肝を冷やしたのか、踵《きびす》を返しました。おか

8　一四四四年十一月三日の聖人の日に設立された世俗騎士団。
9　原語は Fuß（フース）。英語圏のフィートにあたる長さの単位。ドイツ語圏ではメートル法が採用される以前に普及していたが、地域によってばらつきがあり、一フースはおよそ三十センチ。

げでもうひとつの燧石を奴の肛門めがけて投げることができました。これがまんまと図に当たり、ふたつの燧石が奴の体内でかちあって火花を散らし、轟音《ごうおん》とともに奴を粉砕したのです。後天的《アポステリオリ》に投入した石が先験的《アプリオリ》な石と合致すれば、口うるさい学者や哲人もぎゃふんとなるもの。小生は怪我《けが》ひとつなく九死に一生を得ましたが、あんなひと幕は二度とごめんです。身を守るものをなにひとつ持たずにクマと対峙《たいじ》するなどもってのほかです。

しかし、どうもこれが小生の宿命らしく、間が悪いときにかぎって、獰猛《どうもう》で危険この上ない猛獣に出くわすのです。まったく奴らは、小生が無防備なのが本能でわかるのでしょうかね。ちょうど銃にネジで留めていた燧石を外して、すこし研ごうとしたとき、うなり声をあげた恐ろしいクマに襲われたこともあります。小生は急いで木によじ登って難を逃れるほかありませんでした。そこで対抗しようと思ったのですが、ついさっきまで使っていたナイフを運悪く途中で落としてしまっていました。ナイフがないことには、燧石をうまくネジ留めできません。クマは木の下に立ち、いまにもよじ登ってきそうでした。以前やったように目から火花をだせばいいのですが、どう

もその気になれませんでした。というのも、その前に色々あって、かの実験をおこなったものの、いまだに目の痛みが引いていなかったからです。ああ、あれさえ手元にあれば、と思いながら、雪に突き立ったナイフを見つめました。しかし、いくら羨望のまなざしを向けても、状況が変わるわけがありません。

そのとき、妙案を思いつきました。焦燥感に駆られると決まって催すあの液体を、ナイフの柄めがけてじゃあっと放ったわけです。ちょうど身を切るような寒気の折、小水はみるみる凍りつき、ナイフの上に長い逆さ氷柱《つらら》ができました。氷柱が木の下の枝まで届くと、そいつをつかみ、難なく、といっても、細心の注意を払ってナイフを引っ張りあげました。さっそくナイフで燧石をネジ留めすると、くだんのクマめ、本当に木に登ってきました。これほどうまくタイミングを合わせるとはじつに愛《う》い奴、と思い、山おやじ殿に心を込めて弾丸をお見舞いしたわけです。その結果、あやつは木登りを永遠に忘れさりました。

そういえば、恐ろしいオオカミに飛びかかられたこともあります。がばっとひらいた口にとっさに拳《こぶし》を突きだすほかありませんでした。助かりたい一心で、拳をどん

どん突っ込み、とうとう腕が肩まで入ってしまいました。さあ、どうしたらいいか？　こんな厄介な状況を歓迎する気にはなれません。オオカミと面と向かいあっていたわけですから！　むろん愛情込めて見つめ合う気にもなれません。小生が腕を引き抜けば、かの猛獣はいっそう猛《たけ》りたって飛びかかってくるのは必定。奴のらんらんと燃えさかるまなざしを見ればあきらか。というわけで、奴の内臓をむんずとつかみ、手袋さながらに表裏ひっくりかえして地面に叩きつけ、そこに放りだしました。

しかしこれが狂犬病に冒された犬だったら、こんな立ちまわりはしなかったでしょう。事実それからまもなくサンクト・ペテ

ルブルクのとある路地で狂犬に襲われたことがあります。「とにかく走れ！」と自分にいいきかせ、すこしでも速く走れるようにコートを脱ぎ捨て、一目散に屋敷に逃げ込みました。コートはあとで執事に取ってこさせ、ほかの衣服といっしょにクローゼットにかけました。

ところが翌日、「大変です、男爵様、コートが狂いました！」と執事のヨハネスがすっとんきょうな声をあげたものですから、こちらもびっくりです。急いで行ってみると、小生の衣服がことごとくずたずたになっていました。たしかにコートが狂ったとしかいいようのないありさまです。奴は新調したばかりの美しい大礼服に飛びかかり、かみつき、引き裂いていました。情けないったらありませんでしたよ。

C. MAURAND.

ところでみなさん、いずれのときも小生は幸いにも九死に一生を得たわけですが、運がよかったのは勇敢にして沈着冷静だったからにほかなりません。ご存じのごとく、このふたつがそろってはじめて、猟師も水夫も兵士も幸運に恵まれるのです。しかしいつでもただ運次第、星の定めに従うばかりで、必要な技を磨かず、成功を確かなものにする道具をそろえておかなければ、猟師でも提督でも将軍でも軽率のそしりを受けることになるでしょう。このような非難は、小生にとって無縁のものです。なぜなら小生の馬も猟犬も銃も非の打ちどころがなく、小生がその扱いにも長《た》けていることは周知のとおりだからです。森や牧場や野原に小生の名をたっぷり刻んできました。といっても厩舎《きゅうしゃ》や犬小屋や武器庫について事細かく講釈するつもりはありません。そういうことは、厩舎や狩猟や猟犬が自慢の貴族に任せましょう。

しかし小生の元で活躍した二頭の愛犬だけは忘れられません。この機会にその二頭の話をすこし披露したいと思います。一頭はポインター・セッター。疲れ知らずで、気が利く奴でした。あいつを見ると、だれもが小生を羨んだものです。あいつは昼夜の別なく役に立ちました。夜は、ランプを奴の尻尾に引っかけました。おかげで日中とおなじくらい、いや、日中よりも狩りがうまくいったものです。

ところで結婚して間もなくのこと、妻が狩猟をしたいといいました。小生は先に馬を駆り、獲物を探しました。しばらくしてその愛犬がヤマウズラの大きな群れを発見しました。ところが待てど暮らせど、妻は来ません。屋敷の執事と馬丁とともにあとからついてくるはずだったのに、だれの姿もないし、声もしない。小生は胸騒ぎがして引き返しました。来た道を半分ほど戻ると、なんとも情けない泣き声が聞こえてくるではありませんか。すぐそばで聞こえてくるのですが、どこを見ても人の姿はありません。小生は馬から下り、地面に耳を当てがいました。声は地の底から聞こえました。しかもそれは、妻と執事と馬丁の声だったのです。それと同時に、さほど遠くないところに炭坑の入口を見つけました。

妻と連れはそこに落ちたにちがいないと直感しました。小生は大急ぎで近くの村に行って、坑夫の一団を呼んできました。縦坑は九十クラフター[10]もありましたから救助は難航しました。最初に馬丁を引き上げました。それから彼の馬。つづいて執事とその馬。それから小生の妻、最後に妻が乗っていたトル

10　約百六十メートル。クラフターはメートル法が採用される以前のドイツ語圏内で使われていた長さや水深の単位。地域により実際の長さにばらつきがあるが、一クラフターはおよそ一メートル八十センチ。

コ産の馬。こんなに深いところに落ちたというのに、人も馬も多少打ち身を負ったくらいで大きな怪我をしなかったのはじつに不思議なことです。しかし言葉に尽くせぬ不安に苛《さいな》まれ、三人ともすっかり参っていました。

もうおわかりと思いますが、狩りのことなどすっかり頭から飛んでいました。みなさんも、小生の愛犬のことを忘れていたと思います。ですから、小生が愛犬のことに思い至らなかったことを悪く取らないでいただきたい。

じつは小生、任務のために翌朝から旅に出て、戻ったのは二週間後でした。帰宅して数時間経《た》ったとき、愛犬のディアーネがいないことに気づきました。だれも愛犬のことを気にかけていなかったのです。みんな、ディアーネが小生とともに出かけたと思い込んでいたからです。どこを捜してもいないので、気が気ではなくなりました。

そしてようやく思いいたったのです。ディアーネはまだヤマウズラを見張っているかもしれないと。期待と不安に急《せ》かされるようにして、すぐさまその場所へ急行しました。するとどうでしょう。うれしいことに、ディアーネは二週間前に置き去りにしたその場所にいたのです。

「行け！」

小生のこのひと言で、ディアーネはヤマウズラの群れに飛び込み、小生は一発で二十五羽のヤマウズラを手に入れました。しかし哀れな犬は小生のところまで這《は》ってくるのもままなりませんでした。腹をすかし、やせ衰えていたのです。ディアーネを屋敷へ運ぶのに、小生は馬に乗せました。お察しのことと思いますが、乗り心地は悪くなりましたが、それにまさる喜びを覚えていました。数日、手厚い看護をすると、ディアーネはまた以前同様に元気になりました。しかもその数週間後には、ある謎を解く鍵にもなりました。ディアーネがいなければ、おそらくあの謎は永遠に解くことができなかったでしょう。

まる二日にわたって、野ウサギを追いかけたときのことです。愛犬ディアーネはなんども逃げ道をふさいで小生の方へ野ウサギを走らせましたが、うまく撃つことができませんでした。

魔法など信じませんが、さんざん奇妙奇天烈《きてれつ》な体験をしている小生です。その小生がほとほと参ってしまいました。それでもついに野ウサギが銃の射程内に入りました。奴はもんどりうって倒れました。そこでなにを見たと思いますか？

その野ウサギは、なんと腹と背にそれぞれ脚が四本ずつあったのです。腹側の脚が疲れると、平泳ぎと背泳ぎどちらもできる泳ぎ上手のようにくるっと反転して、背の脚で韋駄天《いだてん》のごとく走りつづけていたのです。あんな野ウサギはそれっきり見たことがありません。そしてディアーネが完璧に役目をこなさなかったら、その一羽も手に入れられなかったでしょう。

あの犬は犬族の中でも群を抜いていました。もし小生が飼っているグレーハウンドが名乗りを上げなければ、迷わず「唯一無二」の通り名を与えていたことでしょう。グレーハウンドはその容姿もさることながら、足の速さで抜きんでていました。みなさんもあれを目にしたら、驚嘆したにちがいありませんし、小生があれをこよなく愛し、狩りによく連れていったことも不思議には思わないでしょう。狩りに連れだすと、じつに速く長い距離を走りました。そのせいで脚がすり減り、晩年にはアナグマ狩りしか出番がなくなってしまいましたが、それはそれでじつに有能で、それからなお何年かよく仕えてくれました。

そのグレーハウンド――ちなみに雌でした――はあるとき、やけに太って見える野ウサギを追いかけまわしたことがあります。これには哀れを感じました。というのも、グレーハウンドの奴、腹に子を宿しているのに、あいも変わらず全力で走ろうとしたからです。あいつにずいぶん離されたので、馬を駆って追いかけました。すると、犬が群れをなして鳴いているような声が聞こえてきたのです。ただその声はか細く、ど

ういうことなのかわかりませんでした。近くへ行くと、青天の霹靂《へきれき》ともいえる奇跡に遭遇しました。雌の野ウサギが走りながら産気づき、小生の雌犬も出産していたのです。しかも野ウサギの子も、犬の子も同数。雌の野ウサギは本能のまま逃げ、雌犬はあとを追って、見事につかまえました。かくして狩りを終えてみれば、一度に野ウサギ六羽に犬が六匹、小生のものとなりました。はじめは犬が一頭だけだったというのにです。

このすばらしい雌犬同様、リトアニアの駿馬にも痛快な思い出があります。金では買えない馬でして、ひょんなことから馬術の妙技を披露した褒美にちょうだいしたのです。リトアニアのプルツォボフスキー伯爵《はくしゃく》を訪ねたときのことです。客間でご婦人方といっしょにお茶をいただいていたら、血統書付き若駒が種付け所から着いたというので、紳士方は庭に見にいきました。すると突然、悲鳴があがったのです。急いで階段を駆けおりてみると、若駒が暴れて、だれも乗れないどころか、近づくことすらできないありさまでした。どんなに勇ましい乗り手も周章狼狽《しゅうしょうろうばい》して棒立ち状態。

　ですから、小生がひらりと若駒に飛び乗ったときは、みんな顔を引きつらせました。若駒はこの不意打ちで度肝を抜かれ、小生の馬術の妙技ですっかり落ち着き、おとなしくなりました。このとき婦人方にいらぬ心配をさせないために、うまく乗りこなしているところをよく見てもらおうと、小生はこの馬を客間のあいている窓から飛び込ませたのです。そこで常歩《なみあし》、速歩《はやあし》、駈歩《かけあし》と歩法を変え、さらにはティーテーブルに飛び乗らせ、ささやかながら優雅に馬術教程全編を披露しました。婦人方は大喜びでした。なにせ、若駒はポットやカップを壊すことなく見事にやってのけたのですから。婦人方と伯爵はおおいに満足して、トルコ遠征に連れていき、勝利と征服をめざすがよい、と伯爵らしい丁重さでその若駒を授けてくれたのでした。実際、ミュンニヒ伯爵[11]指揮のもと、トルコとの戦端がひらかれようとしていたのでお誂え向きでした。

　あれは本当にありがたい頂き物でした。あれだけの名馬はそうそう見つかるもので

はありませんし、軍人としてはじめての腕試しとなる初陣《ういじん》を前に幸先よい出来事といえました。従順にして勇ましく、気性の激しい馬。おとなしい子ヒツジにして、アレクサンドロス大王の愛馬ブケファロスのごとしです。勇敢なる軍人たらんと士気は上がる一方、若きアレクサンドロス大王が打ち立てためざましい武勲に思いを馳《は》せたものです。

　このたびの出兵[12]は、ピョートル帝[13]のもとでおこなわれたプルト川の戦い[14]で傷ついたロシア軍の名誉を挽回するためのものでした。悪戦苦闘しましたが、先ほど名をあげた偉大な将軍の指揮のもと果敢なる作戦行動によって当初の目的はみごとに達成されました。

　とはいえ、下層の者には謙譲の美徳というものがありますから、おのが手柄や勝利は口にしないものです。そうした名声は指導者層のものとなります。日頃の行状など関係ありません。それどころかその逆で、すべて国王や女帝の功績となるのが世の常です。しかしあの方々が嗅《か》ぐのはせいぜい演習の硝煙《しょうえん》くらいのもの。野営地博覧会[15]以外に戦場に臨んだことなどなく、衛兵の閲兵式や軍隊の行進に臨席したこともないのです。ですので、小生も獅子奮迅《ししふんじん》の働きをことさら賞《ほ》めてほしいというわけではありません。あくまで責務を果たしただけです。責務とは、愛国者や軍人、つまりは勇敢なる者にとってきわめて広い意味を持つ、ずしりと重い言葉なのです。大勢の暇な御仁にとっては、くだらないたわごとでしかないでしょうが。

11　ブルクハルト・クリストフ・フォン・ミュンニヒ（一六八三—一七六七）、ドイツ出身の軍人、政治家。

12　ロシアが黒海進出を目論《もくろ》んで一七三六年に勃発したオーストリア・ロシア・トルコ戦争。

13　初代ロシア皇帝（在位一七二一—二五）となったピョートル一世。

14　一七一〇—一一年に行われたロシア・トルコ戦争。

15　原語 Lustlager。一七三〇年六月ザクセン公国領内ツァイトハインで開催された約三万の将兵が参加した閲兵式を指すと思われる。この式典はザクセン公国の文化芸術を紹介する意味合いもあり、妖精宮殿なるパビリオンが建設され、オペラが公演され、五時間に及ぶ花火大会も開催され、当時は語り草になった。

さてそのとき、小生は軽騎兵隊を指揮していました。さまざまな遊撃作戦に参加し、智力胆力が試されました。その戦果については、小生のもとで勝利と征服を勝ち取った勇猛果敢なる戦友たちの手柄にしたいものです。

わが軍がトルコ軍をオチャコフ要塞[16]に追い込んだときの話を披露しましょう。前線では激しい戦闘が繰り広げられていました。このとき気性の荒い例のリトアニア馬のせいで、小生は窮地に陥りかけました。本軍からかなり離れて偵察していたとき、土煙を上げて迫りくる敵部隊を視認しました。しかし土煙のため、敵の規模も意図もつかめません。こちらもおなじように土煙を上げて対抗するのが常套手段でしょうが、このままでは先遣隊としての任が果たせません。そこで隊を左右にわけて展開させ、盛大に土煙を起こすよう命じつつ、小生はそのまま直進し、近くから敵の動向を観察しました。これが図に当たりました。敵軍は進軍を停止し、戦いの火蓋を切りましたが、結局こちらに恐れをなして算を乱して逃げだしたのです。これぞ勇を鼓《こ》して追撃のときとばかり、小生の部隊は敵を蹴散らし、潰走させ、要塞に追い込んだばかりか、敢然と要塞から追いだし、期待以上の戦果の一方で期待にそぐわぬ結果をも招いたのでした。

例のリトアニア馬は並外れた俊足でしたので、小生は追撃の先頭を切っていました。敵軍が命からがら裏門から逃げだすのを見て、マルクト広場で馬を止め、ラッパを吹かせて部下を集めることにしました。ところがです、馬を止めてみてびっくりぎょうてん。まわりにはラッパ手はおろか味方の軽騎兵がひとりもいなかったのです。

「別の通りにでも飛び込んだか、それともな

16　黒海に面した要塞都市。一七三七年七月十日に戦端がひらかれた攻囲戦。ロシア軍は要塞を陥落させるが、翌年、疫病が流行し撤退する。

にかあったか？」

といっても遠く離れているはずもありません。すぐに追いつくだろうとたかをくくり、息を切らしたリトアニア馬に広場の泉で水を飲ませることにしました。愛馬は飲むこと飲むこと、よほど喉が渇いていたようです。それもむりからぬこと。部下はまだかと振り返ったとき、みなさん、なにを目にしたと思いますか？　あわれ、小生の愛馬は後ろ半分、腰から尻まですっぱりと切れてなくなっていたのです。ですからいくら飲んでも、水がそのまま後ろから流れでたので、愛馬はまるで飲んだ気がしなかったというわけです。どうしてこうなったのか謎でしたが、明後日《あさって》の方向から馬を飛ばしてやってきた馬丁が忠誠心あふれる祝いの言葉を口にし、その舌の根も乾かぬうちに罵声を吐いて、ことの次第を聞かせてくれたのでした。

それによると、小生が敗走する敵と一丸となって要塞に飛び込んだ折、城門の落とし格子が突然落とされ、馬の後ろ半分を切断したのです。残された後ろ半分はというと、城門めざして殺到する敵兵の真っ只中で後ろ脚を蹴上げてひどい惨劇を演出し、その後、悠然と近くの牧場へ移動したので、おそらくいまもまだそこにいるだろうということでした。

小生はすぐに向きを変えました。すると馬の前半分が猛烈な駈歩でその牧場に小生を運びました。後ろ半分がたしかにそこにいたので、小生は大喜びしました。しかしそれよりもおどろきあきれたのは、そいつがお楽しみの最中だったことです。頭のないものにふさわしいお楽しみとしては、いかに機転の利く式部官もこれまで発案したことのないものでした。ひと言でいえば、馬の後ろ半分は牧場を駆けまわる雌馬とすぐにねんごろになり、ハレムの楽しみにふけって、先ほどの惨事などすっかり忘れたふうだったのです。もちろんこういうときには頭など無用の長物。このお楽しみによって生を受けた子馬たちも種をつけた父馬同様、頭が欠如し、使い物になりませんでした。

さて、愛馬の前と後ろにそれぞれ生命力があることに異論のさしはさみようがなかったので、小生はさっそく馬医者を兼ねる鍛冶屋《かじや》を呼びました。鍛冶屋はたいして思案することもなく、手近にあった月桂樹の若木で胴体をつなぎあわせました。幸い傷は癒えましたが、この誉れ高き馬だからこそ起こるような珍事《ちんじ》に見舞われました。なんと若木が馬の体に根を張り、すくすく育って、頭上に葉を茂らせたのです。おかげで小生のものでもあり、小生の馬のものともいえる月桂樹の木陰に涼みながら胸を

張って何度も馬を乗りまわしたものです。

このときはほかにもすこし困ったことがありました。敵に向かってこれでもかと軍刀を振り下ろしたところ、敵が逃げ去ったあとも、腕が勝手に上下に動く癖がついてしまったのです。自分はもとより、そばにいる部下を殴っては大変というわけで、丸一週間腕を包帯でしばっておく必要に迫られました。きっと腕を切られでもしたように見えたことでしょう。

それはそうと、みなさん、このリトアニア馬のごとき荒馬を乗りこなした男のことなら、もうひとつこんな馬乗りの話も信じてもらえるでしょうか。少々作り話めいて聞こえるか

もしれませんが、名前も忘れたとある要塞都市を攻囲したときのことです。元帥《げんすい》殿は正確な情報にこだわっていました。つまり要塞内部の様子がどうなっているか知りたいというのです。しかし歩哨《ほしょう》はいるし、警備は厳重だし、防御施設もあって、そこを突破するのは至難の業、いや不可能に近いと思われましたし、そういうことをやってのけそうなタフな人材も見当たらないというのが実情でした。そこで度胸と忠勤が自慢の小生、要塞めがけて放たれようとしていた一番大きな大砲のそばで身構え、砲弾にひらりと飛び乗ったのです。そのまま敵要塞までひとっ飛びと目論んだわけですが、軽率でした。途中で、これはしくじったかもしれないと気がつきました。

「うむ。侵入はできるが、どうやって脱《ぬ》けだすのだ？　それに要塞の中をどうやって動きまわるのだ？　すぐに密偵だとばれて、しばり首だろう。そんな名誉の戦死は願いさげだ」

そんなことをつらつら考え、侵入するのはやめることにしました。ちょうど運よく敵の要塞からも砲弾が放たれ、わが陣地に飛んでくることに気づいた小生は、数フィートのところをすれちがいざま、こちらからあちらへ乗り換えたのです。用件は達せずに終わりましたが、懐かしの味方陣地に無事帰りつきました。

小生の跳躍はこのように軽やかで水際立ったものでしたが、愛馬も負けてはいません。濠《ほり》も垣根もなんのその。ひたすら真《ま》っ直《す》ぐ走るわけです。あるとき愛馬を駆って野ウサギを追いかけたことがあります。野ウサギめ、野原から飛びだし街道を横切りまして、ちょうどそこへ美しい婦人をふたり乗せた馬車が通りかかり、小生と野ウサギのあいだに割り込んだのです。愛馬はそのまま馬車を通り抜けました。窓が開いていたので事なきをえましたが、一瞬のことで、帽子を脱いで非礼を詫びる暇もありませんでした。

また沼を飛びこえようとしたこともあります。たいして大きくないとたかをくくったのですが、馬を跳躍させてから勘違いに気づき、空中でぐるっと向きを変え、元の場所に戻りました。もっとしっかり助走するためです。ところが二度目の跳躍も力及ばず、対岸を目の前にしてどぼん。首まで沼に浸かってしまうというお粗末なことに。このとき後ろで結んだ髪を、膝ではさんだ愛馬もろともこの豪腕で引っ張りあげなかったら、一巻の終わりだったでしょうな。

G. Doré
JAHYER SC.

小生の智勇、愛馬の俊敏さと粘り強さ。これには自信がありましたが、トルコ戦役ではなかなか思うようにいきませんでした。多勢に無勢、捕虜となる憂き目に遭ったこともあります。いや、捕虜などという生易しいものではありません。相手はトルコですから、奴隷《どれい》として売り飛ばされてしまったのです。まったく屈辱の極みでしたが、過酷な境遇で辛酸をなめるものと思いきや、退屈でうんざりする日々を過ごすことになりました。なんとスルタンのミツバチを毎朝、草原に放ち、日がな見張りをし、日が暮れるとまた巣箱に戻すという仕事だったのです。

ところがある晩、ミツバチが一匹行方不明になり、その直後、二頭のクマがミツバチを捕まえ引き裂こうとしているのを見つけました。あいにく手元にあるのは銀のように輝く手斧《ておの》くらいのもの。これはスルタンの庭や農地で働く者の証《あかし》でして、小生はこれを二頭の泥棒グマに投げつけたのです。クマを追い払えれば上々と思いつつ。

ミツバチは無事に解放されましたが、投げたときに力みすぎて、手斧は狙いをそれ、どんどん高く上がっていって、とうとう月に突き刺さってしまったのです。さあ、どうやって取り戻したらいいものやら。いかなる梯子《はしご》で取りにいったらいいものか。そのときいいことを思いつきました。トルコ豆は成長が非常に早く、おどろくほど高く伸びるのです。ひと粒まくと、さっそくにょきにょき伸びて、三日月の端にからみつ

きました。そこで小生はそのつるをよじ登って、うまい具合に月に辿り着きました。しかし手斧を見つけるのはひと苦労でした。ほかのものも銀色に光っていたからです。わらの山の上でやっとこさっとこ手斧を見つけました。あとは戻るだけ。ところがなんと、太陽の熱に焼かれてトルコ豆のつるが枯れてしまい、下りられなくなってしまったのです。さあ、どうしたものか。

小生はそこにあったわらを使ってできるだけ長い縄をない、それを三日月の端にゆわえつけて下りることにしました。右手でしっかり縄をつかみ、左手には手斧を持ちました。こうしてしばらく縄をするすると下りてから、いらなくなって余った頭上の縄を切り取り、下の縄に結んでさらに下りました。切って結ぶこの芸当を繰り返しましたが、縄がスルタンの荘園までもつはずがありません。あと数マイルで地上というところで雲に入ったと思いきや、突然縄が切れ、地上に真っ逆さま。小生は気を失い、高みより落ちる体の重みで地面に深々と穴をあけました。その深さたるや、すくなく見積もっても九クラフター［約十六メートル］はあったでしょう。すぐに意識を取り戻しましたが、今度はどうやって穴から出たらいいかわからない。しかし窮すれば通ずですな。伸ばして四十年を数える爪を立て、取っ掛かりを刻み、からくも地上に出

られたのでした。
これに懲りて、ミツバチとハチミツを狙ってやってくるクマを撃退するため、一計を案じました。ハチミツを荷車のかじ棒にぬっておいたのです。夜中、近くに身をひそめていると、小生の目に狂いはなく、とてつもなく大きなクマ公が、ハチミツの匂いに誘われてやってきました。棒の先端をおいしそうにぺろぺろなめはじめ、そのうち棒が奴ののど、胃袋、腹部へと食い込み、とうとう肛門から突きでたのです。小生は隠れていたところから飛びだし、すかさず棒の先にある穴に長いくさびを打ち込みました。これでもう食い意地張ったクマ公は逃げるに逃げられません。朝までそこにほっておくと、散歩中の大スル

PANN

タンが通りかかって、それを目にとめ、死ぬほど大笑いしましたっけ。

それからしばらくしてロシアはトルコと和平を結び[17]、小生はほかの戦争捕虜と共にサンクト・ペテルブルクに身柄を移されました。これを機に小生は退役して、ロシアをあとにしました。四十年ほど前のクーデターに揺れた時代のことです。まだ赤子のロシア皇帝[18]が母君[19]やその父上ブラウンシュヴァイク公[20]と共に幽閉され、ミュンニヒ元帥ほか大勢の支持者がシベリア送りになりました。ヨーロッパ全土が異常にきびしい冬に見舞われた年のことです。太陽が凍傷にかかっても不思議はないほどのひどさで、

17　一七三九年九月二十九日のニシュ条約。
18　一七四〇年八月に生まれ、十月にロシア皇帝に即位したイヴァン六世。翌年十一月、ピョートル一世の娘エリザヴェータ（一七〇九―六二）を支持する近衛軍による宮廷クーデターで廃位され、一七六四年幽閉先の監獄で殺害される。
19　アンナ・レオポルドヴナ（一七一八―四六）。
20　アントン・ウルリヒ・フォン・ブラウンシュヴァイク（一七一四―七四）、歴史的にはアンナ・レオポルドヴナの夫であって、父親ではない。著者の誤謬か、意図的なものかは不明。

あれ以来今日に至るまでその寒さが尾を引いています。ですから、祖国への帰還はロシアへ旅したときよりも艱難辛苦《かんなんしんく》の連続でした。

リトアニア馬はトルコに置いてくるしかなかったので、小生は二頭立ての郵便馬車を使いました。馬車が、狭くて高い茨《いばら》の垣根のあいだを走っていたときのことです。この隘路《あいろ》で前から来た馬車と鉢合わせしたら身動きが取れなくなるから角笛を吹いて知らせた方がいいと御者に忠告しました。御者は角笛を思いっきり吹きました。ところが何度やってもだめ。角笛はなぜかうんともすんともいわず、そのうえ運悪く反対

方向から馬車があらわれ、にっちもさっちもいかなくなったのです。

　こうなったらひと肌脱ぐほかありません。小生は馬車から飛び降り、つないであった馬をはずすと、四つの車輪と荷物もろとも馬車を肩に担ぎました。馬車の重量を考えると、楽な仕事ではありませんでしたが、九フィート［約二メートル七十センチ］ほどある生垣と川原を飛び越え野原に出ると、反対方向から来た馬車の後ろでまた飛んで、道に出ました。つづいて馬のところに戻ると、一頭ずつ小脇に抱え、さっきの要領で野原に出てまた道に戻る二度の跳躍をこなしました。こうして馬をふたたびつなぎ直し、うまいこと最後の駅に着き、宿を取ることができました。

G. Doré
RIAULT.

そうそう、馬の一頭が四歳にならない、威勢のいいやつだったことも話さなければなりません。そいつにはかなり難儀させられました。生垣越えを再度試みたとき、よほどこの激しい動きが気に入らなかったのか、鼻息荒く足をばたつかせたのです。小生はそいつの後ろ脚を上着のポケットにつっこんで、押さえ込みました。小生たちは、この冒険の疲れを宿で癒すことにしました。御者はかまどのそばの壁に打った釘に角笛をかけ、小生と向かい合わせにすわりました。

みなさん、そのときなにが起きたと思いますか？　いきなり音が鳴ったのです。プー、プー、プップカプー！　ふたりともこれには目を丸くしました。そしてさっき御者がいくら吹いても音が出なかった理由が判明したのです。なんと音が角笛の中で凍結し

ていたのでした。それがいますこしずつ溶けて、明るく澄んだ音を奏で、おかげで御者は名誉挽回しました。なにせ、しばらくのあいだ口に角笛を当てもせず、妙なる節まわしでみんなを楽しませてくれたのですから。「プロイセン行進曲」「愛もなく酒もなく」「晒《さら》し場で糸を晒していたら」「ゆうべ、いとこのミヒェルが来て」などさまざまな曲にまじって、昨夜の祈りの歌「草木も人も」[21]も入っていました。この賛美歌を最後に、音解けの楽しみは終わり。これにて小生のロシア旅行のよもやま話にもひと区切りつけるといたしましょう。

＊＊＊

旅人というのは、話に尾ひれをつけてしまいがちです。ですから読み手や聴き手が眉唾《まゆつば》だと思ってしまうのも致し方ないこと。しかし小生の話の信憑性を疑う方々がい

21 ヨハン・ゼバスティアン・バッハ（一六八五―一七五〇）の『四声コラール集』に収録されている賛美歌。ＢＷＶ３９２。

るとすれば、その方々の猜疑心《さいぎしん》を心より気の毒に思うものであります。小生が船の冒険をはじめる前に席を立たれた方がよいかもしれません。これまたこれまで以上に驚嘆すべきものですが、正真正銘本当にあった話なのです。

海洋冒険その一

小生の生まれてはじめての旅は、いましがたエピソードの一端を披露しましたロシア旅行よりはるか前のことで、それは海の旅でありました。

小生の知るかぎりもっとも黒い鬚《ひげ》をたくわえた軽騎兵連隊長であったおじによると、まだくちばしが黄色く、あごにふわふわ生えているのが産毛か髭《ひげ》の前触れなのか判然としないうちから、小生の心は旅の虜《とりこ》になっていたといいます。父親も若い頃、旅に時間を費やした口で、冬の晩にはそうした冒険の数々を包み隠

さず、美化することもなく話してくれて、いい気晴らしになったものです。そうしたエピソードをこのあといくつか披露するかもしれません。

ともかく小生の旅好きは生まれつきでありつつ、父親の影響でもあるといえましょう。広い世界を見たいという抑えがたい欲求が満たせそうなら、どんな機会も逃さず、拝み倒すことも、しつこくせがむこともしました。しかし功を奏しはしませんでした。一度は父にうんといわせたこともありますが、母親とおばの頑《かたく》なな抵抗にあい、作戦を練りに練ってやっと勝ち得たものをあっというまに失ったこともあります。

そんなときに母方の親戚が訪ねてくる機会があり、小生に肩入れしてくれました。この親戚はことあるごとに、「きみはかわいい、いい子だ。きみの一番の望みを叶《かな》えるためにできるかぎり協力しよう」といってくれたのです。親戚の言葉のほうがもちろん小生の訴えなんかよりもはるかに効果覿面《てきめん》。侃々諤々《かんかんがくがく》の議論の末、その親戚は、彼のおじが長年総督を務めているセイロンを訪ねる旅に小生を伴ってくれることになったのです。もう天にも昇る心地でした。

尊敬措《お》くあたわざるオランダ共和国[22]から重要な任務を与えられて、小生たちはアムステルダムを出港しました。

一度猛烈な嵐になったことを除けば、旅は順調でした。この嵐では、不思議な体験をしたので、それに一言三言触れる必要があるでしょう。薪《まき》と水を補給するため、ある島に錨を下ろしたときのことです。風が吹き荒れ、太さといい高さといい途方もない大木を次々となぎ倒し、空に吹き上げたのです。なかには数百ツェントナー[23]はありそうな木もありましたが、あまりに高いところを飛んでいたので――地上から少なくとも五マイル[24]の高みでした――見た目は空に舞う小さな羽根と変わらぬ大きさでした。

22　ネーデルラント北部七州からなる連邦共和国。一五八一年スペインから独立し、植民地主義の大国「オランダ海上帝国」として名乗りを上げたが、一七九五年フランス革命軍の侵攻で崩壊。

23　ドイツの古い重さの単位。地域によりばらつきはあるが、一ツェントナーはおよそ五十キロに相当する。

24　長さの単位。ドイツでは一マイルはおよそ七千五百メートルに相当する。

嵐が収まると、木が次々と元の場所に落ちてきて、たちまち地面に根を張ったものですから、荒廃した様子はほとんど見られませんでした。

ただし一番大きな木だけはそうもいきませんでした。突風に煽《あお》られて吹き飛ばされたとき、その木の枝に夫婦が登って、キュウリを摘んでいたのです。このあたりではあのすばらしい実が木になるのです。この実直な夫婦は、ブランシャールの気球[25]に乗るようなとんまよろしく辛抱強く空の旅につきあったのですが、ふたりの重さのせいで、その木は元の場所からずれてしまい、しかも横倒しになって落ちてきたのですから、さあ大変。お恵み深き族長をはじめ、この島の先住民のほとんどは嵐のあいだ家の下敷きになるのを恐れて離れていましたが、族長が庭を通って家に戻ろうとしたとき、その木が音をたてて落下してきて、運よく族長を押しつぶしてしまったのです。

――「運よく？」

25　ジャン゠ピエール・ブランシャール（一七五三―一八〇九）はフランスの気球乗りで、一七八五年、気球による世界初のドーバー海峡横断に成功し、一七八七年ドイツのニュルンベルクで見世物飛行を行っている。

そうです、これは幸運でした。じつをいうと、この族長は悪辣《あくらつ》非道のかぎりを尽くした暴君で、島の住民は寵臣や側室であっても、この世でもっともみじめな者たちだったのです。族長の蔵には食料が腐るほどあるのに、臣民は収獲をしぼり取られて、飢えに苦しんでいました。島にはこれといった外敵もいないのに、族長は若者をことごとく召集し、自ら鞭《むち》を打って兵士に鍛えあげ、時期を見てはその兵士たちを最も高値をつけた近隣の諸侯に売り飛ばすことまでしていました。[26]それもこれも、父親から相続した数百万個の貝殻を倍増させたいがばかりにです。——聞いたところでは、この言語道断なやり方を族長は北方を旅したときに知り、この島に持ち帰ったそうです。北方と聞いて愛国心が

うずきましたが、反論はしませんでした。というのも、この島民にとって北方の旅というのがカナリア諸島止まりの旅かもしれないし、グリーンランドへの物見遊山の旅かもしれないからです。墓穴を掘りたくなかったので、それ以上説明を求めることは控えました。

偶然とはいえ、キュウリを摘んでいた夫婦が同胞のためになした大いなる功績への感謝の証《あかし》として、夫

26 ドイツでは十七世紀から十八世紀にかけて諸侯による兵士売買が横行していた。一六六五年、ミュンスター司教がはじめたのが最初といわれ、一七七五年から八三年のアメリカ独立戦争では、約三万人のドイツ人兵士がイギリスに売られ、北アメリカに送られた。フリードリヒ・カップ『ドイツ諸侯の対アメリカ兵士売買（一七七五―八三）』（一八六四年）によれば、もっとも悪名高いヘッセン＝カッセル方伯が売買した兵員数一万六千九百九十二人。生還者数は一万四百九十二人。

婦は同胞によって空席となった玉座にすえられました。この善良なる両人、空に舞い上がった際に大いなる世の光たる太陽に近づきすぎて、目の光と、すこしばかり心の光まで失っていましたが、どうしてその統治ぶりはすばらしく、あとで知ったことですが、キュウリを食すとき、だれもが「神よ族長を守りたまえ」[28]と唱えるようになったそうです。

ところで小生が乗った船もこのときの嵐で被害に遭いましたが、修理も終え、新しい君主とその妃《きさき》に暇乞《いとまご》いをしました。その後はまずまずの風に乗り、六週間後、無事にセイロンに到着しました。

到着後二週間ばかりした頃、小生は総督の御曹司から狩りに誘われました。こんなにうれしいことはありません。友人となった御曹司は大柄なうえ屈強

な人物で、かの地の暑い風土にも慣れていました。しかしこちらはすこし動いただけですぐに疲れてしまい、森に入る頃には、はるかに後《おく》れをとってしまいました。

小生は、しぶきを上げる川の岸辺に腰を下ろしました。しばらく前から水の音を耳にして川があることに気づいていたのです。ひと休みと思った矢先、小生が来た方でなにやら物音がしました。振り返ってみるや、体が固まってしまいました。獰猛《どうもう》そうなライオンが目に飛び込んできたからです。そいつがこちらへ向かってくるではないですか。小生の哀れな死体を朝食に饗《きょう》そうとしているのは火を見るよりも明らかです。

27 出典は『新約聖書』「マタイによる福音書」第五章十四節。
28 一七四五年からイギリス国歌として歌われている曲「God save the King (Queen)」をもじったもの。

断りもなくそんなことをしようとするとは。しかし小生の猟銃にこめてあるのはウサギ猟用の散弾。あれこれ思案する時間も心の余裕もありません。とにかくライオンめがけて撃つだけ撃ってみることにしました。腰を抜かすかもしれない、ひょっとしたら怪我《けが》を負わせられるかもと期待したのです。ところが、あまりに恐ろしくて、ライオンが射程内に入るまで待てませんでした。

ライオンはすっかり腹を立て、猛烈な勢いで小生に飛びかかろうとしました。もう四の五のいっている場合ではありません。本能的にありえないことをしました――逃げようとしたのです。そして身を翻すと――いまでも思いだすと冷や汗が出ますが――目の前に恐るべきクロコダイルが大口をあけて小生をひと呑《の》みにしようとしていたのです。

みなさん、にっちもさっちもいかないとはこのこと！　後ろはライオン、前はクロコダイル。左は激流、右は崖。しかも崖の下には、毒蛇までたむろしている気配。頭がくらくらして――この状況ではヘラクレスでも無理からぬことでしょう――小生はさっと地面に伏せました。これはもう荒ぶる猛獣の牙《きば》か爪で引き裂かれるか、クロコダイルにがぶりとやられるか、ふたつにひとつと観念したのです。ところがあにはからんやその数秒後、大きく、異様な音が聞こえたのです。おそるおそる頭を上げてみると――みなさん、どうなったと思いますか？　――言葉に尽くせぬ歓喜にうちふるえましたよ。かっとした勢いで襲いかかったライオンが勢い余って小生を飛び越え、クロコダイルの口の中に飛び込んでいたのです。ライオンの頭はクロコダイルの喉にはまり、両者とも離れようとして必死にもがいています。

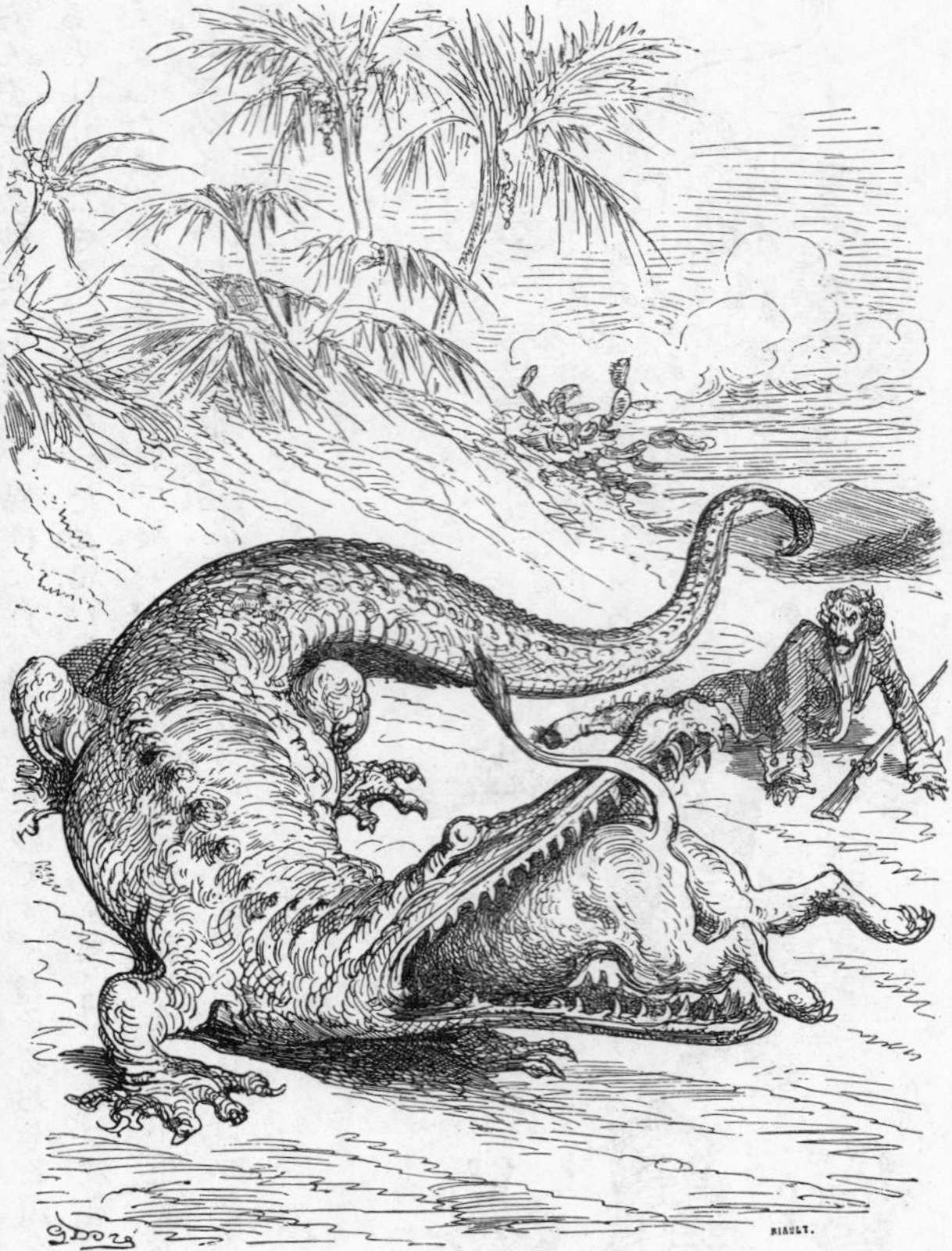
G Doré
RIAULT.

こんな好機はありません。小生は跳ね起きて猟刀を抜き、ライオンの首にひと振り。首を切り落とされたライオンの胴体が小生の足元でぴくぴく痙攣《けいれん》しました。つづいて猟銃の銃床でライオンの頭をクロコダイルの口中深く押し込みました。かくしてクロコダイルはあえなく窒息死。

こうやって恐ろしい敵を二頭まとめて仕留めた頃、友人である総督の御曹司が、なかなか追いついてこない小生の身を案じてやってきました。

互いに無事を喜んだのち、クロコダイルの全長を測ってみたところ、四十パリ・フィート七インチ[29]もありました。

この聞きしにまさる冒険を総督に披露すると、総督は部下を馬車で現場に派遣し、二頭を屋敷に運んでこさせました。ライオンの毛皮は現地の皮革職人に渡してタバコ入れにしてもらい、そのうちの数個はセイロンで暮らす知人に配り、残りはオランダ共和国に戻ったとき、市長への贈り物にしました。市長はそのお返しに、千ドゥカー

29 約十三メートル。パリ・フィートはフランスにおける長さの古い単位。一パリ・フィートはおよそ三十二センチにあたる。またおよそ十二インチが一パリ・フィート。

ト金貨[30]を千枚もくれようとして、断るのに難儀しました。

一方クロコダイルは通常の方法で剥製にし、いまはアムステルダム博物館最大の呼び物となっています。案内係は見学に来た人にかならずこのエピソードを語ってきかせます。ただ若干尾ひれをつけていまして、真実が曲げられているのは、まことに遺憾《いかん》でしかたありません。

案内人いわく、ライオンがクロコダイルを突き抜けて、肛門から出てきたところ、ムッシュ、すなわち世に名を馳《は》せたかの男爵、とまあ、案内人はこう小生を呼ぶのですが、ライオンの頭を切り落とすついでにクロコダイルの尾も三フィート［約九十セ

ンチ」切ってしまった。尻尾《しっぽ》をなくしたクロコダイルも黙っていない。ぐるっと向きを変え、ムッシュの手から猟刀を奪って、一気に呑み込んだまではいいが、その猟刀が心臓に刺さって、クロコダイルもあえない最期を遂げた、とかなんとか。

まったくこういう厚顔無恥な輩《やから》には辟《へき》易《えき》します。みなさんには改めていうまでもありますまい。なんでも疑ってかかる時代ですから、このような見え透いた嘘をつか

30　十二世紀からヨーロッパで流通した金貨のひとつ。中世において地中海経済を支配していたヴェネツィア共和国のドゥカート金貨がもっとも知られているが、その後ヨーロッパ諸国がそれを模倣した金貨を発行している。一五八一年にスペインからの独立を宣言したオランダ共和国も一五八六年からドゥカート金貨を発行し、同国が世界規模の貿易国家へと急成長する過程で広く流通した。

れては、小生を知らない方々は本当の事跡まで疑いかねないでしょう。誉れ高き騎士をとことん傷つけ、侮辱するものです。

海洋冒険その二

一七六六年、小生はポーツマス[31]で大砲百門と将兵千四百人をのせたイギリス[32]の第一級戦艦に乗船しました。行き先は北アメリカ[33]。

31　イギリス南岸の港町。
32　当時の正式な国名はグレートブリテン王国。イングランド・スコットランド同君連合を経て、一七〇七年の合同法によってイングランドとスコットランドが一体化。なおアイルランドを併合し、グレートブリテン及びアイルランド連合王国となるのは一八〇一年。

イギリスでもいろいろありましたが、その話はまたの機会にしましょう。ただしひとつだけ、いいものを見ましたので、ついでに話しておきます。儀装馬車で議会へ向かう国王の行列を目にする機会に恵まれたのです。御者はじつに立派な髭《ひげ》を蓄えていました。その髭、イギリス国王[34]の紋章の形に刈っていたのです。御者台に堂々とすわり、鞭《むち》を打ち鳴らしておなじ紋章を空に描くさまは名人芸というほかありませんでした。

さて航海に話を戻しましょう。どうということもないままセント・ローレンス川までおよそ三百マイルのところまで到達。そこで船はなにかに激突しました。岩礁でもあるのかと危ぶみ、測鉛《そくえん》を海に投じましたが、五百クラフター［約九百メートル］を

33　植民地獲得競争が過熱し、北アメリカではイギリスとフランスのあいだで一七五四年から六三年までフレンチ・インディアン戦争が繰り広げられた。この戦争はイギリスの躍進とフランスの衰退を招いたといわれている。

34　ゲオルク・レックス。ハノーヴァー朝第二代グレートブリテン及びアイルランド国王、ハノーファー選帝侯（在位一七二七―六〇）、ジョージ二世のこと。

過ぎても海底に達しません。しかも奇々怪々なことに、舵《かじ》は消え失せるし、船首の斜檣《しゃしょう》が真っ二つにへし折れ、マストがことごとく砕け、そのうちの二本など破片が甲板に撒き散らされたほどです。

ちょうどそのときメインマストの上部で縮帆をしている水夫がいました。不運にもその男はすくなくとも三マイルは飛ばされました。もはや海の藻屑《もくず》となる運命でしたが、折よく空中でガンの尾羽をつかみ、海面に軟着水できたばかりか、ガンの背中に乗るというか、首と翼にかじりつき、船まで泳いできて、助けあげられました。

衝突のすさまじさを物語るものがもうひとつありました。船内にいた者たちはひと

り残らず天井に叩きつけられたのです。小生もそのひとりで、そのため頭が胴体にめり込んでしまい、元に戻るまで数カ月かかりました。みんな、あわてふためいていると、一頭の大クジラがあらわれ、原因が判明しました。海面で日向《ひなた》ぼっこをしていたところ、船に寝込みを襲われたクジラが、ひどく立腹して、尾っぽで船尾楼と上甲板をはたき、それと同時に舵機に巻きつけてあった錨《いかり》をくわえ、

船を引きずって泳いだのです。時速六マイルですくなくとも六十マイルは引っ張られたでしょう。錨綱が切れなかったら、どこまで引きずられたことか、神のみぞ知るところです。幸い綱が切れ、クジラは船を、小生たちは錨を失いました。

それから六カ月後、ヨーロッパへ帰投する航海の途中、くだんのクジラの死体が例の位置から数マイル離れたところでぷかぷか浮いているのを発見しました。その体長たるや、半マイルもありました。本当です。それほどの巨体でしたから、船に揚げることもできません。ボートを数艘下ろし、さんざん苦労して頭を切り落としました。するとどうでしょう。失った錨が奴の口の左側の虫歯にひっかかっていて、長さにして四十クラフター〔約七十二メートル〕分の綱も見つかったのです。

これがこのときの旅で唯一の珍事でした。いや、待ってください！ もうひとつ災難にあったことを忘れるところでした。例のクジラに引っ張られたとき、船に穴があいて浸水したのです。海水がすごい勢いで流れ込み、ポンプを総動員しても三十分足らずで沈没すると思われました。しかし運のいいことに、その穴を最初に発見したのは小生でした。穴は直径一フィートの大きさ。手で穴をふさごうとしましたが、効果なし。そのとき傑作なひらめきがあり、この美しい船とおおぜいの乗組員の命を救っ

G. Doré.

たのです。穴はたしかに大きかったのですが、ズボンをはいたまま自分のだいじなところを当ててふさいだのです。小生の父方と母方はそれぞれオランダとヴェストファーレンの出だといえば、みなさん、おどろくことはないでしょう? 便座にすわるような恰好《かっこう》は少々冷たくはありましたが、まもなく船大工が腕をふるったので、小生はお役御免になりました。

海洋冒険その三

小生はかつて地中海で死にかけたことがあります。夏の午後、マルセイユ付近の波静かな海で泳いでいたときのことです。大魚が口をがばっとあけて迫ってくるではないですか。ぐずぐずしてはいられません。しかし逃れる手立てはありませんでした。そこですかさず可能なかぎり小さくなりました。足を抱えて、腕を両脇にぴったりくっつけたのです。その姿勢のまま小生は魚の顎をかいくぐり、胃袋まで入ってしまいました。

あとは簡単に想像できると思います。そこは真っ暗でしたが、温かかったので居心地は悪くありませんでした。

奴め、小生が胃袋にいるのがしだいに不快になり、とんでもない奴をのみ込んだと思ったことでしょう。そのくらい踏んだり蹴ったり、飛んだり跳ねたりしてさんざんからかったのです。でも奴が一番苦手としたのは、足を小刻みに動かされることだったようです。そこでスコットランドの伝統ダンスを踊ることにしました。奴はすさまじい悲鳴をあげ、棒立ちになって体を半分海からだしました。

このときちょうど通りかかったイタリア商船の船員たちがそれを見つけて、数分後には銛《もり》をくらわしたのです。奴を甲板に引き上げた船員たちが、魚油をあまさずとるにはどうしたらいいか相談しているのが聞こえました。イタリア語ができたので、鳥肌がたちました。魚といっしょに小生も両断されてはかないません。そこで十二人入ってもまだ余裕がありそうな胃袋の真ん中に位置取るようにしました。まずはひれや尾びれから切りだすだろうとふんだからです。実際、腹側を開くことからはじめたので、小生はほっと胸をなで下ろしました。ちらっと光が差し込むと、すかさず声を張りあげまして、「みなさんにお会いできて恐悦至極。救っていただきかたじけない。あやうく窒息するところでした」。

魚の中から聞こえた大音声に船員たちはびっくりぎょうてん。そのときの連中の顔を生き生きと描写するのは至難の業です。そのうえ裸の男が悠々と出てきたのですから、彼らのおどろきはいやますばかり。そのあと、いま話したとおりの一部始終を聞いて、連中はみな死ぬほど肝をつぶしました。

すこし飲み食いさせてもらってから、小生は海に飛び込んで体をゆすぎ、泳いで衣服を取りにいきました。衣服は脱いだときのまま、海岸にありました。ざっと計算したところ、あの大魚の胃に閉じ込められていたのは二時間半ほどだったようです。

海洋冒険その四

　小生はトルコのお雇い外国人だったことがあります。その頃はよくマルマラ海に繰りだして舟遊びをしたものです。大スルタンの後宮をいただくコンスタンチノープル［現イスタンブール］の眺めはじつに壮観でした。

　そんなある朝、美しく晴れた空を眺めていると、ビリヤードの球くらいの大きさの丸いものが宙に浮いているではないですか。その丸いものの下にさらになにかぶらさがっている。小生は銃身がもっとも長く、一番命中精度が高い散

弾銃をひっつかみました。どこへ行くにもかならず持っていたもので、さっそく弾をこめ、その球体めがけてずどんと撃ちましたが、びくともしません。今度は弾を二発こめて撃ってみましたが、それでも効果なし。三度目に、四、五発まとめて撃ったところ、ようやく風穴をあけ、撃ち落としました。

最大級の丸屋根よりも大きな巨大な気球からぶら下がっていたのは、金メッキのかわいらしい乗り物でした。それがこちらの船から二クラフター［約三メートル六十センチ］ほどのところに落ちてきたのですから、おどろいたのなんの。その乗り物にはヒツジ男がひとりと、丸焼きにしたらしいヒツジ

の食べかけが乗っていました。おどろきが収まると、小生は船員たちとこの奇妙なひとりと一匹を取り巻きました。
この男、フランス人かなと思いましたが、やはり勘は当たっていました。服のポケットというポケットから見事な懐中時計の鎖が出ていて、そこに高貴な殿方や婦人の肖像が彫られたメダルがついていました。またボタン穴からは例外なく、百ドゥカートの価値はありそうな金のメダルがさげてあり、どの指にも高価なダイヤの指輪をはめていました。上着のポケットはというと、どれにもぱんぱんにふくれた財布が入っているらしく、その重みでその男はいまにも倒れ込んでしまいそうでした。小生は思い

ました。いや、これは人類のために途方もない功績を挙げた人物にちがいない。高貴な人たちも昨今はしみったれていますから、その人たちからこれほど金品をせしめるとは、と。といっても、その男は落下したショックで気分が悪いらしく、しばらくろくに口がきけませんでしたが、元気を取りもどすと、こんな話をしてくれました。

「わたしにはこの空飛ぶ乗り物を発明するだけの知識も甲斐性《かいしょう》もありませんが、アクロバットや綱渡りは朝飯前でして、冒険心は人後に落ちない自信があります。ですからこれまで何度も空を飛んできたのです。もう何日経《た》ったかよくわからないのですが、たしか七日か八日前、イギリスはコーンウォール岬の突端から空に上りました。ヒツジを一頭乗せたのは、数千人にのぼる見物人に手品でも見せようと思ったからなのです。あいにく上がってから十分も経たないうちに風向きが急変し、着陸予定のエクセターではなく、海の方へ流されてしまったのです。それからずっと途方もない高みを漂っていました。

ヒツジを手品で消さなかったのは幸運でした。空の旅の三日目、さすがに腹が減って、ヒツジを食べることにしました。ちょうどそのとき月のさらに上まで上っていまして、十六時間もすると、眉毛が焦げるほど太陽に近づきました。前もって殺して皮

をはいでおいたヒツジを乗り物の一番日当たりのいいところ、いい換えれば気球の影がかからないところに置きました。ヒツジは四十五分ばかりで焼きあがりました。その肉でずっと食いつないできたのです」

この男、ここで口をつぐみました。まわりの風景に見入っているようでした。ここはコンスタンチノープルで、見えるのは大スルタンの後宮だと小生が教えると、どこか別のところにいると思っていたのか、がくぜんとした様子でした。

「こんなに長く飛ぶことになったのも、気球の調節をする紐《ひも》が切れてしまったせいでして、水素ガスを排出できなくなったのです。もし気球が撃たれて破れなかったら、最後の審判までムハンマドのように天地のあいだを漂いつづけたことでしょう」[35]

この男、太っ腹なことに、この乗り物を小生の船頭に贈り、ヒツジ肉は海の藻屑《もくず》としました。さて、気球はどうなったかと見てみると、そちらは落下時にずたずたにちぎれてしまっていました。

35 ムハンマドの奇跡のひとつで、翼のある天馬に乗ってエルサレムに旅し、そこから光のはしごを登って昇天したとされる。

海洋冒険その五

みなさん、ワインをもう一本あけるくらいの時間はまだあるでしょう。ここでもうひとつ、じつにおもしろい出来事を話したいと思います。トルコからヨーロッパへ帰還する最後の旅を数カ月後に控えていたときのことです。小生は神聖ローマ帝国、ロシア帝国ならびにフランス王国の大使から推挙されて、大スルタンの特命を帯び、属州大カイロを訪ねました。任務の内容は未来永劫《えいごう》極秘なので悪《あ》しからず。

このとき小生は大勢の供を引きつれて堂々と陸路を移動しました。その道中、ひょんなことからじつに有能な人材を数人召しかかえる機会に恵まれました。まずコンスタンチノープルから数マイル離れたところで、野原をすごい速さで突っ切ってくるやせた小男を見かけました。よく見ると、両足にそれぞれ五十ポンドはある重りをつけています。小生は不思議に思って声をかけました。

「おい、きみ、そんなに急いでどこへ行く？　それになぜわざわざそんな重りを足につけて走っているんだね？」

「三十分前」韋駄天《いだてん》男はいいました。「ウィーンを出て走ってきたんですよ。いままでお偉い殿に仕えていましたが、暇《いとま》を告げてきました。コンスタンチノープルへ行けば、またおなじような仕事にありつけると思いましてね。足に重りをつけているのは速さをすこし抑えるため。いまはそんなに速く走る必要はないですからね。師匠から、中庸は徳なり、としょっちゅういわれているんです」

このアサヘル[36]が気に入ったので、家来にならないかとたずねたところ、快諾してくれました。

小生たちは町や地方をいくつもとおりました。あるとき街道からさして遠からぬ美

しい草むらに、身を伏せて微動だにしない男がいました。眠っているかのようでしたが、そうではなく、耳を大地につけてじっとなにか聞いていたのです。地獄の底の住民の声が聞こえるとでもいうようでした。

「おい、きみ、そこでなにを聞いているんだね？」

「暇つぶしに草が伸びる音を聞いているんです」

「そんなものが聞こえるのか？」

「ええ、楽勝です！」

「では家来にならないかね？　そのうちきみの耳が役立つこともあるかもしれない」

地獄耳ははね起きて、小生に従いました。

またしばらく行くと、銃を構えた猟師が丘の上に立っていて、青い虚空に向けて発砲したのです。

「これは、精が出るね、猟師殿！　ところでなにを撃っているんだね？　小生には青空しか見えないのだが」

「いえね、この新品のクーヘンロイター[37]の試し撃ちをしているんです。ストラスブール大聖堂[38]の塔のてっぺんにスズメが止まっていたので、いま撃ち落としたところです」

狩猟と射撃という貴《とうと》い技に対する小生の情熱を知る方なら、驚くこともないでしょうが、小生がこのすばらしい鉄砲撃ちにすぐさま抱きつき、なんとしても家来にと願ったことはいうまでもありません。

36　『旧約聖書』「サムエル記下」に登場する人物の名。アサヘルは足の速いこと、野のかもしかのようであったという。

37　十七世紀から十九世紀にかけて活躍したアウグスブルク出身の鉄砲鍛冶一族。

38　フランスのストラスブールにあるカトリックの大聖堂。高さ百四十二メートル。十八世紀には世界一高い建築物として知られていた。

旅はつづき、町や地方をいくつもとおり、ついにレバノン山脈にさしかかりました。すると、糸杉の大きな森の前にずんぐりした筋骨隆々の男が立っていて、森を丸々ロープでくくって引いていました。

「おい、きみ、そこでなにを引いているんだね？」とたずねてみました。

「いえね、材木をとってこいといわれたのに、斧《おの》を家に忘れてきてしまいまして。こうするしかないかなと」そういうなり、男は森をぐいと引きました。森の広さは一平方マイルはあったでしょう。小生の目の前でそれを葦《あし》の茂みかなにかのように引き倒したのです。小生がこの怪力男になにをしたか、もうおわかりですね。これほどの人材を放っておく手はありません。特使としての俸給をぜんぶはたいてもかまわないと思ったほどです。

旅はつづき、ようやくエジプトの地に入ったとき、今度はすさまじい突風にあいました。馬車も馬も随行員も吹き飛ばされそうなほどはげしいものでした。道の左側に七基の風車が並んでいましたが、羽根がぐるぐるまわる様は糸紡《いとつむ》ぎにかけては一番の女がまわす紡錘《つむ》のようでした。そのすこし先の道の今度は右側に、サー・ジョン・フォルスタッフ[39]もかくやという肥満男が立っていて、鼻の右穴を人差し指でふさいでいました。こちらが突風に手こずっていることに気づくと、くるりと体をまわしてこちらを向き、隊長に会った銃士のようにうやうやしく帽子をとって一礼したのです。すると風がやみ、七基の風車がいっせいに止まったのです。尋常とはいえないこの出来事におどろいて、小生

39　ウィリアム・シェイクスピア（一五六四―一六一六）の作品（『ヘンリー四世』『ウィンザーの陽気な女房たち』）に登場する大酒飲みで強欲だが、機知に富み憎めない人物。

はその男に向かって叫びました。

「おい、なにをしている？　悪魔に憑《つ》かれたか、それとも悪魔そのものか？」

「閣下、どうかお許しを！」男が答えました。「風車の持ち主である主人のためにすこし風を起こしているんです。でも七基の風車を根こそぎ吹っ飛ばす恐れがあるので鼻の穴を片方塞いでいるんです」

　小生は胸の内で思いました。これまたすばらしい人材だ！　故郷に帰って、陸や海の大冒険を披露するのに息切れしても、こいつが使える。小生と奴はすぐに手を打ちました。風吹き男は風車をほったらかしにして、小生に従いました。

　かくしてようやく大カイロに到着。無事に任務を終えると、新しく雇い入れた家来たちだけ残してほかの随行員をお役御免にし、ただの私人として帰路につくことにしました。天気は上々、名にし負うナイル川は筆舌に尽くしがたいほど魅力的。船を借りて、アレクサンドリアまで川下りする誘惑に駆られました。これがまたじつにすばらしかったのです。ただし三日目までのことですが。

　みなさんも、ナイル川では毎年なんども洪水が起きることを耳にしていることと思います。問題の三日目、ナイル川がとめどなく増水しはじめたのです。あくる日には、

右も左も何マイルも先まで見えるのは水ばかり。五日目の日が落ちると、小生の船が突然なにかにひっかかりました。つるかやぶだろう、と小生は思いました。

しかし夜が明けると、アーモンドの木に囲まれていることがわかりました。実がすっかり熟していて、アーモンドはじつに美味でした。このとき測鉛《そくえん》を投げ入れて、地面からすくなくとも六十フィート［約十八メートル］の高さに浮いていて、前進も後退もできないことがわかったのです。朝の八時か九時頃、それは太陽の高さから推測したのですが、このとき船がぐらりと傾きました。そのため水が流れ込み、船はあえなく沈没。

これからお話しするように、しばらくのあ

いだその船がどうなったかわかりませんでした。しかし小生たち、八人の男とふたりの少年は幸いまわりの木にしがみついて難を逃れました。アーモンドの枝は小生たちを支えられても、船の重さには耐えられなかったのです。この状態で三週間と三日は過ごしたでしょうか。そのあいだアーモンドだけで食いつなぎました。飲み水に困らなかったことは、いうまでもないでしょう。不運に見舞われ

てから二十二日目、増水したときと同様に水がさっと引きはじめ、二十六日目には地面に立つことができました。

船はというと、一見したところ無事でした。沈んだところからおよそ二百クラフター「約三百六十メートル」離れたところにありました。必要なもの、使えるものを日に当てて乾かしたあと、船に積んでいた食料を必要なだけ持って、見失った川を探すため出発しました。正確に計算したところ、果樹園の塀や囲いを越えて百五十マイルは流されていることがわかりました。

七日かけて、ふたたび元の川の流れに辿《たど》り着き、この顚末《てんまつ》を地元の知事に話しました。知事は快く必要なものを用立てて、持ち船までだしてくれました。六日ほどかかって小生たちはアレキサンドリアに到着し、コンスタンチノープル行きの船に乗りました。

大スルタンからは身に余る歓迎を受け、ハレムを訪ねる栄誉に浴しました。陛下自ら小生を案内してくださり、側室を含むたくさんの女性の中から好きな者を選ぶがよいといわれたのです。

ただ恋のアバンチュールについては吹聴しないことにしています。ですから、みなさんにはここで、おやすみを申しあげることにします。

海洋冒険その六

エジプトの旅話を終えると、男爵は立ちあがって、寝室に行こうとしたが、ハレムが話題になるなり、それまで眠気に誘われていた聞き手の面々がこぞって耳をそばだてた。ハレムのことならもうすこし聞きたいというわけだ。

しかし男爵はその誘いに乗らなかった。とはいえ、ぜひとも聞かせてくれと活気づいた聞き手たちの願いを無下にするのも忍びなく、かの風変わりな家来たちの話をいくつか披露することにした。

エジプトへの旅を終えたあと、大スルタンは小生を重用してくださった。なにかというと、小生の顔を見たがり、昼食と夕食に連日招かれました。みなさんにいっておきますが、トルコ皇帝はこの世の君主の中でもっとも美味なる食事を供されています。

ただし、これはあくまで料理に関してです。飲み物となるとそうはいきません。ご存じのように、ムハンマドの法が信者に酒を禁じているからです。それゆえトルコでは公の宴会で上等なワインは期待できません。ただし公式の席は無理でも、こっそり飲む分には別です。トルコ人の中にも禁じられている酒の味に通じた者はけっこういます。ドイツの高位聖職者にも負けないでしょう。これは大スルタンにもいえることです。公の食事では通常、トルコの宗務総監督たるイスラームの法学者が、報酬の一環として共食し、食前の祈り、食後には感謝の祈りを捧げなければならないので、ワインという言葉を口にするのもはばかられます。

しかし会食のあと、居室に戻れば上等な小瓶が陛下を待っているのが通例でした。あるとき大スルタンは小生に目配せをして、居室についてくるよう合図しました。小生たちが居室に入ってドアを閉めると、陛下はキャビネットから瓶を一本取りだして

いいました。

「ミュンヒハウゼンよ、そなたらキリスト教徒がワインの目利きであることを、予は知っておる。じつはトカイワインがある。これだけうまいワインはいまだかつて飲んだことがあるまい」

　そういって、陛下は自分と小生のグラスにそのワインを注いで乾杯しました。

「どうだ。いったとおり、最高であろう？」

「なかなかでございます、陛下」小生は答えました。「しかし失礼ながら、ウィーンでいまは亡き皇帝カール六世[40]の許《もと》でこれよりはるかによいワインをいただいたことがあります。あれはすばらしかったです！

陛下にもお試しいただきたかったです」

「ミュンヒハウゼンよ、そなたの言葉は信じる！　されど、これよりもよいトカイワインなどありえぬ。これはかつてハンガリー貴族から手に入れた珍品でな、貴族は手放すのが惜しくて身も世もあらぬ様子だった」

「これはしたり、陛下！　トカイワインと申してもピンからキリまでございます。ハンガリー貴族は手強《てごわ》いですからな。賭けてもいいですが、一時間あればウィーンの皇帝陛下の酒蔵から目の覚めるようなトカイワインを取り寄せてお目にかけます」

「ミュンヒハウゼンよ、からかうでない」

「からかうなどめっそうもありません。一時間いただければ、ウィーンの宮廷酒蔵からこんなまだ若いワインではない、芳醇な逸品を取ってこさせます」

「ミュンヒハウゼン！　ふざけたことを申すと、ただではおかぬぞ。そちが正直者であるのは知っているが、今度ばかりはほらを吹いているとしか思えぬ」

「めっそうもありません、陛下！　ぜひお試しください。大言壮語は小生に仇《あだ》なす敵。小生の言葉に偽りあらば、この首を差しあげます。しかし小生の首は安くありませんぞ。陛下はなにをお賭けになりますか？」

「よかろう！　そなたに二言はあるまい。時計が四時を打ってもトカイワインがここになければ、容赦なくそなたの首をはねる。親友といえども目こぼしはせぬ。だが約束を守れば、予の宝物庫から金銀、真珠、宝石を世界一の力自慢に引きだせるだけ引きださせてやろう」

「承知しました！」そう答えると、小生はただちにペンとインクをだしてもらい、皇后にして国王であるマリア・テレジア女帝陛下[41]宛にこのような書簡を書き送りました。

「陛下におかれましては、お隠れになられた父君の酒蔵も相続され

40　神聖ローマ帝国皇帝（在位一七一一―四〇）。
41　一七四〇―八〇年にかけて、皇帝フランツ一世シュテファンの皇后、オーストリア大公、ハンガリー女王、ボヘミア女王などを兼務。

たとぞんじます。父君からしばしばいただきましたトカイワインを一本、本状を持参した者になにとぞお預けくださいますよう謹んでお願い申しあげます。ぜひとも最上品をお願いします！　賭けの勝ち負けがかかっているのです。いずれまた機会が訪れますれば、お役に立つ所存です。うんぬん」

この時点で三時五分過ぎ。書簡をただちに家来の韋駄天《いだてん》男にあずけました。彼は足の重りをはずし、即刻ウィーンへ向かいました。それから小生たち、つまり大スルタンと小生は選《え》り抜きの一本の到着を心待ちにしながら大スルタン秘蔵のワインをすっかり飲み干しました。

時計は十五分を打ち、三十分、四十五分と時が過ぎましたが、韋駄天男は影も形もありません。正直いって、すこし冷や汗をかきました。陛下が首斬り役人を呼ぶ鈴の紐《ひも》をちらちら見ていることに気づいたからです。庭に出て新鮮な空気を吸う許しはもらえましたが、数人の使用人が後ろからついてきて、小生から片時も目を離しません。生きた心地がしなくなり、時計がとうとう五十五分を指すにおよび、小生は急いで地獄耳と鉄砲撃ちを呼びにやりました。

ふたりはすぐにやってきました。地獄耳には地面に耳を当て、韋駄天男が来ないか調べさせました。するとあのとんまはどこか遠いところで熟睡し、高いびきをかいているというではないですか。これにはぎょっとしました。これを耳にするなり、

忠実な鉄砲撃ちはさっそく高台に駆けのぼり、つま先立ちになって遠くを見たあと早口で叫んだのです。

「なんてことだ！　あのなまけ者め、べオグラードの近くのオークの木陰で眠っています。酒瓶が横に置いてあります。見ていろ！　おれがくすぐって起こしてやる」

そういうなり、クーヘンロイター製の銃を構え、オークの梢めがけて一発撃ちました。ドングリや小枝や木の葉が雨あられと降りそそぎ、このなまけ者は目を覚ましました。寝過ごしたと焦ったあいつは走りに走り、三時五十九分三十秒、ワインとマリア・テレジア女帝直筆の返信を持って、大スルタンの居室に到着。それは喝采《かっさい》ものでした！　なんとあの舌の肥えた陛下が舌鼓《したつづみ》を打ったのです！

「ミュンヒハウゼンよ。これは独り占めするが、悪く思わないでくれ。ウィーンには、予に勝る人脈があると見た。そなたには次があるはずだ」—

こうして陛下はそのワインをキャビネットにしまい、鍵をズボンのポケットに入れると、呼び鈴を鳴らして宝物庫管理官を呼びました。

なんと耳に心地よい銀の音色！

「さて、賭けたものを払わねばな。ここへまいれ！」陛下は居室に入ってきた宝物庫管理官にいいました。「予の友ミュンヒハウゼンを宝物庫に案内し、一番の力持ちが運べるだけのものを与えるがよい」宝物庫管理官は床に鼻がつくほど深々とお辞儀しました。大スルタンは小生と心のこもった握手を交わし、かくて小生と宝物庫管理官は陛下の居室をあとにしました。

もうおわかりと思いますが、こんな好機をのがすわけがありません。小生はかの怪力男に長いロープを持ってこさせ、宝物庫に直行しました。怪力男が荷造りしたあとに残ったのは、みなさんもためらうような代物《しろもの》ばかりでした。小生は獲物と共に港へ急ぎ、そこに停泊していた

一番大きな貨物船を接収し、荷を積み込むなり家来全員を連れて出航しました。これでなにがあっても獲物は安全というわけです。

事実、危惧したとおりになりました。宝物庫管理官が宝物庫をあけっぱなしにして、といってもいまさら閉める必要などなかったわけですが、こけつまろびつして大スルタンのところへ行き、小生がこの好機をいかに完璧に利用したか報告したのです。大スルタンも一杯食わされたことに気づきました。早まったと後悔するのにさして時間を要しませんでした。大スルタンはただちに大提督に命令しました。全艦隊であとを追い、そこまで賭けた覚えはないと伝えよ、と。

海に出て二海里も進まないうちに、帆をいっぱいに上げて追いすがってくるトルコ艦隊が見えました。首がなんとかつながったと思いきや、またしてもぐらつ

きはじめたわけです。そんななか、風吹き男がそばにきていいました。
「閣下、ご心配なく！」
風吹き男はそういうと、船尾に立ち、片方の鼻の穴をトルコ艦隊に、もう一方の穴をこちらの帆に向けて、ぶいっとたっぷり吹きかけました。トルコ艦隊はマストも帆も索具もひどく損傷して港まで押し返され、小生の船はうまいこと追い風に乗って数時間でイタリアに着きました。けれども財宝の方は濡れ手で粟《あわ》とはいきませんでした。イタリアといえば、ワイマールの図書館司書ヤーゲマン[42]がその名誉を弁護していますが、やはり貧困と物乞いはすさまじく、警察はまったく頼みになりません。小生は根っからお人好しでもあり

ますから、財宝の大半を道中で出会った物乞いどもに分け与えたのです。残った財宝も、ローマへ行く途上、聖地ロレートで追いはぎに奪われてしまいました。連中は良心なんてあったものではありません。まあ、残り物といいながらあれだけの財宝ですから、その千分の一でも、ローマに座《ざ》せるやんごとなきお方が過去といわず未来といわず罪業を一切合切帳消しにするとお墨付きをつけた免罪符が買えたことでしょう。しかも追いはぎ連中の子々孫々の分まで。

さて、みなさん、就寝時間とあいなりました。それではおやすみなさい！

42 クリスティン・ヨーゼフ・ヤーゲマン（一七三五―一八〇四）。イタリアの文物に関する著作が多く、ダンテの『神曲』をドイツ語に翻訳するなど、当時はイタリア通として知られていた。ここでいう弁護とは「イタリアの名誉を弁護し、アルヒェンホルツ大尉の諸説に反論す」という論考を指す。

海洋冒険その七

男爵が退席後、語り手として立った旅の同行者が披露した正真正銘の体験談

冒険譚を語り終えると、男爵は止めても聞かずに腰を上げ、上機嫌の人々を残して姿を消した。だが出ていく前に、男爵はほかにもまだまだおもしろいエピソードがあるし、それより父親の冒険譚を機会がありしだい披露すると約束した。

さて残った面々が各人各様、男爵が話してくれた愉快な物語で盛りあがっていると、男爵についてトルコを遍歴したひとりが、コンスタンチノープルの近くにある途方もなく大きな大砲のことを話題にした。

ほら、トット男爵[43]が最近出版した回想録[44]、あそこにもわざわざ言及されていますよ。たしかこんなふうに書いてあったと思います。

「トルコ軍は市中から遠からぬかの名高きシモイス川の河口に建つ城塞に途方もなく大きな大砲を据えつけていた。かの大砲は銅製で、すくなくとも千百ポンド[45]の重さがある大理石弾を射出できるという。ぜひとも一度撃ってその性能を確かめてみたいと思った。周囲の者はみな、それを聞いてふるえおののいた。宮殿も街も壊滅すると確信していたからだ。ようやく騒ぎがいくぶん収まり、大砲を試射する許可が下りた。

43　フランソワ・ド・トット男爵（一七三三—九三）フランスの外交官で、ロシア・トルコ戦争では軍事顧問としてトルコに仕官していた。

44　原題は *Memoires du Baron de Tott, sur les Turcs et les Tartares*（一七八五年）。ドイツ語版 *Herrn Tott's Nachrichten von den Türken und Tataren mit Herrn von Peysonnel's Verbesserungen und Zusätzen* は第一部が一七八七年、第二部が一七八八年に刊行されている。

45　原語は Pfund（プフント）。英語圏のポンドにあたる重さの単位。ドイツ語圏では一八五八年の関税同盟で一プフントが五百グラムに相当すると定義されたが、それ以前は地域によってばらつきがあった。

必要とする火薬は三百三十ポンドに及び、弾丸は先ほど記したとおり千百ポンド。砲手が点火装置を持ってくると、周囲の者たちはできるかぎり遠くへ退避した。危惧してやってきた高官には、案ずることはないと説得するのにひと苦労した。当方の指示どおり点火することになっていた砲手も不安でびくびくしていた。当方は大砲の後ろの防護壁に陣取り、合図を送った。そのとたん地震のような衝撃が走った。三百クラフター［約五百四十メートル］飛んだところで、弾丸は三つに割れ、海峡の上を飛び、海面で跳ねて対岸の山に激突。海峡はすみずみまで泡立った」

みなさん、かの有名な世界最大の大砲に関するトット男爵の報告はまあこんな感じです。ミュンヒハウゼン男爵と手前がかの地を訪れたとき、このトット男爵による大砲騒動はあの方の豪胆ぶりをしめす好例として語り草になっていました。

手前を贔屓《ひいき》にしてくださった男爵はそのとき、フランス人ごときに上をいかれるのは癪《しゃく》だとばかりにその大砲を肩に担ぎ、大砲が水平になったところでそのままますぐ海に飛び込み、対岸まで泳いでいったのです。よせばいいのに、男爵はあちらから大砲を元の場所に投げ返そうとしました。繰り返しますが、よせばよかったのです！　というのも、振りかぶった刹那《せつな》、大砲がつるりとすべりまして、海峡にどぼん。いまでは海の藻屑《もくず》。おそらく最後の審判の日までそのままでしょう。

みなさん、これが男爵殿が大スルタンの不興を買った本当の理由です。先ほどの財宝の話など大スルタンはとっくの昔に忘れていました。大スルタンともなれば、充分な収入がありますから、宝物庫などすぐ満杯になります。男爵も大スルタンじきじきの招きに応じたのですが、これが最後のトルコ訪問となりました。もしあの巨大大砲の損失にあの残忍なトルコの君主が立腹しなければ、男爵はいまでもかの地にいたことでしょう。なにせこのときは問答無用で男爵の首をはねよという命令が下されましたから。

ところが、数多《あまた》いるお妃《きさき》の中に、男爵をいたく気に入っていた方がいて、この残忍な企てをすぐさま男爵に知らせ、自分の居室にかくまってくれたのです。入れ替わりに、処刑の命を帯びた武官が部下を連れて男爵を捕らえにきたので間一髪でした。次の日の夜、帆を上げていたヴェネツィア行きの船に乗り込み、九死に一生を得ました。

この一件、男爵は話したがりません。大砲のことでは思わぬ失態を演じましたし、あやうく命を落とすところでしたからね。でも男爵の名誉が傷つくものでもないので、こうやって本人のいないところで話すことにしているのです。

＊＊＊

さて、みなさん、ミュンヒハウゼン男爵のことは概《おおむ》ねおわかりになったことでしょう。またあの方の話がまぎれもない真実だということに疑いをさしはさむ方もいないと思います。どうか手前の話にも疑いなど抱かぬようお願いしますよ。といっても、最初から信用するわけにはいかないでしょうから、手前が何者か、すこしだけお

話します。

手前のおやじ、というかおやじとされる男はベルン生まれのスイス人でした。街道や並木道、小路、橋の管理点検を生業《なりわい》にしていました。かの地では、そのまあ、道路掃除人と呼ばれていました。

おふくろはサヴォイの山育ちで、首に大きくりっぱな瘤《こぶ》がありました。あの地方の婦人にはよくあることです。おふくろはとても若いうちに親元を離れ、運試しに都会に出たのです。そここそおやじが産声を上げた場所です。独身のあいだ、おふくろは愛を売って生計を立てていました。というのも、声をかけられると、いやといえない

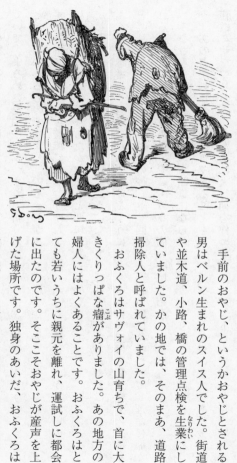

性分だったんです。特にお世辞でもいわれようものなら絶対に断れない。

この愛すべきふたりは路上でばったり出くわしました。ふたりともすこし酒に酔っていて、よろめいた拍子にぶつかり、折り重なるようにぶっ倒れたんです。こういうときはののしるものですよね。でもそれが嵩《こう》じて、騒ぎが大きくなり、ふたりともまずは番所に、それから監獄にしょっぴかれました。ふたりは監獄でいがみあいの愚かしさに気づいて仲直りしたかと思うと恋に落ち、結婚したんです。

しかしおふくろはまた春を売るようになって、評判を気にするおやじはまもなくおふくろと離婚し、当座暮らしていけるようにとおふくろに手提げの籠《かご》一杯分の生活費を渡しました。おふくろはその後、ドサ回りの人形劇一座にくっついて、運命に導かれるままローマに辿《たど》り着き、そこでカキの商いをはじめたんです。

みなさん、教皇クレメンス十四世になられたガンガネッリ殿[46]のことはご存じでしょう。あの方が無類のカキ好きであることもお聞き及びのことと思います。ある金曜日、荘厳ミサを執りおこなうために大行列を作ってサン・ピエトロ大聖堂へと街を練り歩いていたとき、おふくろの店のカキ（おふくろがよくいっていましたが、あのときのカキはいつになく活きがよかったそうです）が教皇の目にとまったんです。教皇はカキを味わわずにいられなくなりました。従者は五千人を超えていましたが、ただちに行列を止め、荘厳ミサは明日に日延べすると大聖堂に伝えさせました。それがすむと、教皇は馬から飛びおりました。こういうとき教皇はいつも馬に乗ることになっているんです。それからおふくろの店に入り、そこにあるカキをぜんぶ平らげ、在庫のある地下におふくろといっしょに下りました。地下のその部屋は、おふくろの台所兼客間兼寝室でした。教皇はそこが気に入って、従者を全員追い払ったんです。つまり教皇猊下《げいか》はそこでおふくろと一夜を過ごされたというわけです。翌朝、出立する前に、教皇はおふくろに特別な免罪符をくれました。これさえあれば、これまで重ねた罪どころか、今後犯すかもしれないあらゆる罪を帳消ししてくれるというのです。

さて、みなさん、おふくろの名誉にかけて申しあげます。そういう名誉を疑う方はいないでしょうが、なにを隠そう、手前がそのカキの夜の落とし子なのです。

46　ジョバンニ・ヴィンセンツォ・アントニオ・ガンガネッリ（一七〇五―七四）。ローマ教皇（在位一七六九―七四）。

続・男爵の物語

だれにでも想像のつくことだろうが、男爵はことあるごとに教訓に富む愉快な冒険譚を所望された。だがしばらくのあいだ、どんなに頼まれても色よい返事をしなかった。男爵は気が乗らないとなにもしない性格で、しかもなにがあってもこの原則を曲げることがなかった。ようやく待ちに待った夜が来た。男爵はその夜、友人たちの求めを聞いてにこやかに笑い、「想像の神が宿りましたので、みなさんの期待に応えられるでしょう」と前置きした。

「みな黙って目を凝らし、耳をそばだてた」[47]男爵はラテン語でそういうと、クッションを厚く張ったソファにすわって語りはじめた。

　このあいだジブラルタルが包囲されたときのこと[48]、小生はロドニー卿麾下《きか》の補給船に乗り込んで、かの要塞に向け出帆しました。旧友エリオット将軍を訪ねるためでした。将軍はこの要塞を見事に守り抜いたことで、不滅の月桂冠をいただいた人物です。旧友同士の再会につきものの熱い抱擁が一段落すると、将軍の案内で要塞を見てまわり、守備軍の士気、敵軍の布陣をつぶさに観察しました。ロンドンのドロンド[49]の店で求めたすばらしい屈折望遠鏡を携えていた小

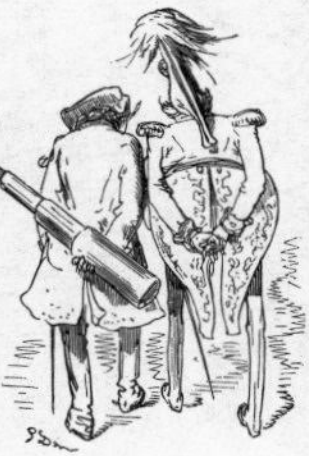

47　原語は Conticuere omnes, intentique ora tenebant。古代ローマの詩人ウェルギリウス（前七〇―前一九）の叙事詩『アエネーイス』からの引用。

48　アメリカ独立戦争と期をいつにしてジブラルタルのイギリス軍とスペイン・フランス軍のあいだで行われたジブラルタル包囲戦（一七七九―八三）。ジブラルタルはイベリア南東端に突きでた半島で、地中海の出入口を押さえる要衝の地。一七一三年のユトレヒト条約でイギリス領として認められていた。

生は、敵が三十六ポンド弾を発射せんとしていることに気づき、将軍にそのことを伝えました。将軍も望遠鏡を覗《のぞ》き、小生の推測に間違いないことを確かめました。将軍の許可を得ると、小生はすぐに四十八ポンド砲を砲兵陣地から運んでこさせ、砲口を敵陣に向けました。自慢ではないですが、砲術についてはだれにも師事したことがありません。それでも正確に狙いを定めました。

さてその後も敵を仔細《しさい》に観察していると、いよいよ大砲の火門に火縄を載せるのが見えました。その瞬間、こちらも大砲発射の号令を発しました。ふたつの砲弾は途中で猛烈な鉢合わせをし、すさまじいことになりました。

敵砲弾はすごい勢いではじきかえされ、砲手の頭を吹き飛ばし、アフリカ側のバルバリア海岸まで飛ぶあいだに射線上にいた十六人の頭もはねました。そのうえ海岸に

49　ジョン・ドロンド（一七〇六―六一）。イギリスの光学者で、色収差の低減に成功した望遠鏡は当時評判だった。

達するまでに港に並んで停泊していた船三隻のメインマストをなぎ倒し、二百イギリス・マイルも飛びつづけて、農家の屋根を突き破り、仰向《あおむ》けに寝ていた年寄りのおかみの歯を数本折って、哀れそのおかみの喉にひっかかって止まったのです。まもなく家に帰ってきた亭主は喉から砲弾を抜こうとしましたが、これがうまくいかない。しかたなく砲弾を棒で押しておかみの腹にねじ込み、そのあと砲弾はしかるべき道を通って外に出た次第。

ところでこちらが撃った砲弾も殊勲賞ものでした。敵弾を跳ね返したあとも小生の狙いどおりに飛び、こちらへ砲弾を発射した敵の大砲を砲架から吹き飛ばしたのです。その大砲は軍艦の船腹を直撃。軍艦は船底にあいた穴から浸水し、千人を数えるスペイン水兵と、乗船していた大

勢の陸兵を道連れにしてあえなく海に沈みました。
これほどの戦果が上がるとはさすがに思いませんでした。最初の思いつきは小生の頭の冴えによりますが、少々偶然も重なりました。あとになって、誤って通常の二倍の火薬が四十八ポンド砲につめられていたことがわかりました。どうりで予想を超えた戦果を上げたわけです。
エリオット将軍はこのめざましい戦績に対し、小生を将校に任じるといいました。しかし丁重に断りました。その夜の晩餐の席で、並みいる将校の前で感謝の言葉をもらっただけで充分だったからです。あれはこのうえなく名誉なことでした。
小生はたいへんなイギリス人びいきです。イギリス人はじつに勇敢な民族だからです。そこでそ

H BOETZEL

の要塞を去る前にもうひと働きしようと心に決めました。およそ三週間後、絶好の機会が訪れました。小生はカトリック司祭に扮して夜中の一時に要塞をこっそり忍びて敵の歩哨の目を盗み、敵陣内に侵入したのです。アルトワ伯が司令官や将校と作戦計画を練っている天幕に首尾よく入り込み、翌朝、イギリス軍の要塞を攻撃する計画であることを知りました。小生の変装がいい目くらましになりました。だれひとり小生を追いだそうとする者はなく、一部始終を聞くことができました。やがて彼らは寝床に入り、陣地は寝静まりました。歩哨まで熟睡しました。

小生はさっそく仕事に取りかかりました。四十八ポンド砲から二十四ポンド砲にいたる砲身を砲架からはずして三マイルの彼方《かなた》の海へ放り込んだのです。手伝いの者がいなかったので、これまで企てた計画の中でもとびきり骨が折れました。聞くところによると、小生がいないのをいいことに、トット男爵が回顧録に記したトルコ軍の大砲を背負って海峡を泳ぎ渡ったことをしゃべった者がいるそうですな。あれを除けばです。

さて、ことをなすと、砲架と砲車をすべて陣地の真ん中に集めました。車輪が音をたてないように左右の腕に一輪ずつ抱えましてな。——ジブラルタルの岩山に負けないみごとな山になりました。――それから四十八ポンド砲の鉄の砲身をもぎとって、かつてアラブ人が築いた城壁の下二十フィート［約六メートル］の地中に埋まっている燧石《フリント》にぶち当てました。ばちっと飛んだ火花が火縄に引火し、砲架と砲車の山は炎に包まれました。そうそう、輜重《しちょう》車《しゃ》もすべてその上に投げ上げておきましたっけ。

小生は抜かりなく燃えやすいものを下にしておいたので、それはもうよく燃えました。一瞬にして火だるま。正体がばれては一大事なので、小生が最初に大変だと声をあげました。想像がつくと思いますが、敵陣は上を下への大騒ぎになりました。歩哨

が買収されたの、敵の要塞から七、八個連隊が夜襲をかけてきて、大砲が破壊されたのと、さまざまな風聞が乱れとんだのはいうまでもありません。

　この名高いジブラルタル包囲戦について戦史を書いたドリンクウォーター氏[50]も敵陣の大損害に触れていますが、陣中に火災発生としか言及せず、その原因についてはひと言もありません。いや、書けるはずがないのですよ。小生は（いうなれば、この夜のひと仕事でジブラルタルを救ったわけですが）この件をいまだだれにも、それこそエリオット将軍にすら打ち明けたことがないのですから。

　アルトワ伯は将兵ともどもほうほうの体《てい》で逃げだしました。とうとう一度も止まることなく、パリにつくまでまる二週間遁走《とんそう》したとか。また、あの大火災がよほど恐ろしかったのか、三カ月ものあいだろくに飲み物も喉をとおらず、カメレオンのように空気を食って生き延びたという話です。

　かかる功績を挙げてから二カ月ほど経ったある朝のことですが、ちょうどエリオット将軍と朝食を共にしていた折、突如として爆弾が一発、部屋に飛んできて（敵の大砲を破壊したとき、臼砲《きゅうほう》までは手がまわらなかったのです）、食卓の上に落ちたので

す。将軍はご多分に漏れず部屋から飛びだしましたが、小生は爆弾が破裂する前にむんずとつかみ、ジブラルタルの岬の突端まで運びあげました。見ると、敵陣からそう遠くない海岸の丘にかなりの数の人影がありました。しかし裸眼ではよくわからない。そこで例の望遠鏡を使ってみたところ、味方の将軍と大佐がひとりずつ。前の夜いっしょに過ごしたあのふたり、どうやら深夜にスペイン軍陣地を偵察しにいって、うかつにも捕まってしまい、いままさに絞首刑にされようとしていたのです。爆弾を素手で投げるには遠すぎます。
　うまい具合に投石器《スリング》を懐に忍ばせていることを思いだしました。その昔ダビデが巨人ゴリアテを倒したときに使ったあれです。さっ

そく爆弾を投石器にはさんで、取り囲んでいる敵の中に投げ込みました。落ちると同時に爆弾は炸裂《さくれつ》し、まわりの敵兵はことごとく昇天。ふたりのイギリス人将官はちょうど吊るされたところでしたが、難を免れました。しかも爆弾の破片が絞首台の脚部に当たって、絞首台がひっくりかえったのです。ふたりは固い大地を感じるや、この予期せぬ展開に面食らいました。しかし見張りや死刑執行人をはじめ、そこにいた敵が全員先に死んでしまったことに気づくと、身の毛もよだつようなロープをはずしあい、海岸めざして必死に走りました。そしてスペイン軍の舟に乗っていたふたりの敵兵を脅すと、味方の軍船へと漕ぎよせさせ、小生がエリオット将軍にことの顚末《てんまつ》を語ってからものの数分で両名とも無事に帰還しました。お互いに事情を説明し、喜びあったあと、この感に堪《た》えない一日をこの世にまたとないほど盛大に祝いました。

ところで、みなさんの目を見れば、どうしてかの家宝、投石器を手にしていたのか

50 ジョン・ドリンクウォーター（一七六二―一八四四）。イギリスの軍人。主著は『ジブラルタル包囲戦史 一七七九―一七八三（*A History of the Siege of Gibraltar, 1779–1783*）』

知りたがっているとわかります。よろしい！
ことの次第はこうです。
ご存じのように、当家の先祖を辿《たど》ると、ダビデと深い仲になったウリヤの妻[51]にまで至るのです。しかしよくあることですが、時が経《た》つにつれダビデ王の彼女への気持ちはしだいに冷めていきました。そう、ウリヤの妻は夫が死んで三カ月後には深い仲になっていたというのに、ふたりにはどうしても譲れないことがあったのです。それはノアの箱舟がどこで建造され、大洪水のあと、どこに漂着したかという問いをめぐる口論でした。ご先祖であるかの方は偉大な古代通を自負していましたが、令夫人もどうして歴史学会の会長さまだったのです。そのうえご先祖には、男ならだれしも持っているような弱

点がありました。つまり口答えには我慢ならなかったのです。そして令夫人の方は、なにごとにおいても自分が正しいといって曲げない性分でした。そのせいで結局離婚とあいなりました。

令夫人はダビデ王から、その投石器がたいへんな家宝であると日頃から聞かされていたので、おそらく思い出の品にと失敬したのでしょう。しかし令夫人が国を出る前に、投石器がなくなっていることが発覚し、近衛兵《このえへい》その数六騎が追跡しました。令夫人の方は持ちだした投石器を使うこと、みごとなもので、追っ手の一騎に命中させました。追っ手の騎士は功名心にはやり、ひと足先に追いすがったのがあだとなったのです。

ところで、その場所がなんとあのゴリアテが討ち取られた場所だったのですから奇遇というほかありません。残る追っ手は仲間が命を落として落馬するのを見て、ここで起きた新たな事態を報告するのが賢明と考えたようです。

令夫人の方は馬を替えてそのままエジプトへ旅をつづける方が得策と判断しました。

51　のちにダビデの妻となり、イスラエルの王ソロモンを産んだ。

そこまで行けば、宮廷に身分の高い友人が何人もいたからです。
　そうそう、先にいっておくべきでしたが、令夫人はダビデ王とのあいだに子を何人ももうけていまして、国を出奔する折には一番かわいがっている息子をひとり連れだしたのです。豊穣なるエジプトというだけあって、その子には弟妹が幾人もできましたが、令夫人はこの名のある投石器をその子に遺《のこ》すと遺言状に一筆したためました。それから投石器は代々直系の子孫に伝えられ、小生のものになったのです。
　投石器を相続した先祖のなかに、およそ二百五十年前に生きていた小生の曽々祖父がいます。曽々祖父はイングランドを訪れた折、ひとりの詩人に知己を得たと聞いています。その人物、他人の作品を盗むような

輩《やから》ではなかったのですが、密猟をしていたそうです。名前はシェイクスピア。かの御仁は曽々祖父からときどきかの投石器を借りて、サー・トーマス・ルーシイ卿の領地でシカをたくさん殺したものですから、ジブラルタルの友人両名とおなじ憂き目にあいました。その後、投獄されまして、一計を案じて彼を自由の身にしたのは曽々祖父でした。

当時はエリザベス女王の御代でした。ご存じと思いますが、かの女王はその晩年、日々の暮らしに倦《う》んでいました。衣服を着ては脱ぎ、食べては飲んで、口にするのがはばかられることをする。それでは人生楽しいわけがありません。曽々祖父は気ままに暮らせばいいと女王に知恵をつけたのです。この魔法のわざともいうべき傑作な発案の代価として曽々祖父がなにを望んだかというと、シェイクスピアの自由だったのです。女王はほかのことで納得させようとしましたが、曽々祖父は首を縦に振りませんでした。なにせこの大詩人がいたく気に入っていまして、友の命を長らえることができるなら自分の人生をすこし切り詰めるくらい痛くもかゆくもなかったのです。

それはそうと、みなさん、エリザベス女王による粗食を旨とする施策はなるほど独創的でしたが、国民にはすこぶる評判が悪いものでした。世間で「牛食い《ビーフィーター》」と呼ばれている王室衛兵がとくに不満でした。しかし女王自身、この新しい習慣を実践しても、七年半しか寿命は延びなかったようです。

投石器はジブラルタル行きの直前、父から相続したのですが、その父からはこれからお話しするすごい逸話を聞かされています。父の友人たちも、よく本人の口から聞いていた話でして、友人たちは父の真っ正直なところを熟知していたので、疑いを差しはさむ者は皆無だったといいます。それはこんな話です。

「我輩は諸国を漫遊してきたが、なかでもイングランドには長逗留《ながとうりゅう》したものだ。あるときハリッジのそばの海岸を散歩していると、いきなり一頭の恐ろしげな海馬《タツノオトシゴ》が猛《たけ》り立って我輩に襲いかかってきた。手元にあるのは投石器のみ。そいつで小石をふたつ海馬の頭めがけて飛ばしたところ、うまい具合に奴の両目に命中。それから我輩は奴の背中にまたがり、海中へと乗り入れた。じつは奴め、視覚を失うと同時に獰猛《どうもう》さも影をひそめ、すっかり従順になっていた。投石器をくつわ代わりに口にかませ、いとも易々と海原を駆け、三時間ほどで対岸についた。およそ三十海里はあったかな。ヘレヴーツリュイスにある三杯亭の亭主にこいつを七百ドゥカートで売り払ったが、あいつはそれを世にも珍しい生き物として見世物にし、大儲けした」

ところでビュフォン[52]に載っているのは、これの模写です。

「それにしても、あの旅の仕方は変わっていた」父はそうつづけました。「だがそこで見たり、発見したりしたことといったら、まさに目を見張るものばかり。かの生き

52　十八世紀に活躍したフランスの博物学者、ジョルジュ＝ルイ・ルクレール・ド・ビュフォン（一七〇七—一七八八）が、一七四九年から刊行した百科事典『博物誌』を指す。

物は、泳ぐというより猛烈な速度で海底を突き進み、無数の魚を蹴散らしたのなんの。しかもその魚というのが、普段見慣れているものとはまるでちがっていた。体の真ん中に頭がついているものや、尻尾《しっぽ》の先についているものなんかもいたっけな。大きな群れをなしているものもいれば、うっとりするほど美しく合唱しているものもいた。なにかというと、水でもって透明の華麗な御殿を作るものもいた。その御殿は巨大な柱に囲まれていて、その中では純粋な炎としか思えないような物質が見目うるわしくかつ魅惑的に揺れ動いていた。居室は魚が交尾しやすいように工夫を凝らし、居心地よくしつらえてある。ほかにも卵の保育室、若い魚向けの広い教室などが並んでいた。ここで目にした教育法について、もちろん連中の言葉は鳥のさえずりやバッタの会話とおなじで中身はちんぷんかんぷんだったが、見たところそれは、我輩が働き盛りの頃、いわゆる博愛主義的教育とかそういう施設でやりだしたことと大差なかった。我輩はなるほどと思った。あの教育法を発案したと公言する連中のだれかが我輩とおなじ旅をしたということらしい。あのようなアイデアなど、雲をつかむようなものだと思っていたが、じつは水の泡と消えるものだったというわけだ。ところで、我輩が披露したささやかな話でももうおわかりと思うが、思いつきだけで実現しないまま終わっていることなど山ほどあるということだ。だがまあ話を元に戻そう。

なんといってもすごかったのは、アルプス山脈に負けず劣らぬ高い海底山脈を越えたことだな。岩肌にはいろんな大木が生えていて、ロブスター、カニ、カキ、ホタテガイほか二枚貝や巻貝がびっしりくっついていた。大きいものになると一つでも荷車一台分の大きさはあるし、一番小さいものでも大人一人で運べるかどうか。陸揚げされて鮮魚市場で売られる代物《しろもの》など、枝から流されたクズなのだよ。ほら、ちょうど風が吹いて落ちて傷ものになった小さな果実とおなじことだ。中でもびっしりついていたのはエビの木だった。とびきり大きな木はカニやカキの木だった。小ぶりの巻貝はカキの木の下草に取りついていて、その下草はオークに絡まるツタのようにカキの木に巻きついていた。沈没船も見かけた。なかなかの景色だった。どうやら沈没船は海面下わずか三クラフター［約五メートル四十センチ］のところまでそびえ立っている海底山脈にぶつかって転覆したものらしい。それからロブスターの木の上に沈んだものだから、ロブスターどもがカニの木の上にふるい落とされた。沈没したのはおそらく春で、ロブスターはまだ若かったのだろう。カニといっしょになって、どっちともとれる新種が生まれていた。物珍しかったので、一匹持ってかえろうと思ったが、自分

で持つには重すぎ、我が海馬もいやがったので断念した。

　海の旅も半ばをすぎ、海面下五百クラフター［約九百メートル］の海の谷にちょうど入ったところで、そろそろ息が苦しくなってきた。そもそも我輩が置かれた状況はほかの点でもまったく芳しいものではなかった。ときどき大魚があらわれたからだ。ぱっくりあけたその大きな口を見るに、海馬もろとも我輩をひとのみにできそうだったし、哀れな我がロシナンテ[53]は目が不自由で、腹を空かした大魚を避けるには我輩の慎重な誘導だけが頼りであった。我輩は海馬をひたすら疾走させた。すこしでも早く乾いた大地に辿り着きたい一心でな。

　オランダの海岸にだいぶ近づき、頭上の海面まで二十クラフター［約三十六メートル］もないように思われた頃、女物の服を着た人間が眼前の砂の上に倒れているのが見えた。まだ息があるかどうかはわからなかったが、近づいてみると、手を動かしている。我輩はその手を取って、死人と覚しきその人物をいっしょに岸まで運んでやった。最近はどんな片田舎の飲み屋にも、おぼれた者をあの世から呼び戻す指南書が出回っているが、当時はまだ蘇生術がそれほど進んでいなかった。それでもその土地の薬屋のおやじが頭を使い、倦まず弛《たゆ》まず介抱した甲斐《かい》があって、この女性の中に残っていたわずかな命の灯火《ともしび》の勢いをまた取り戻させることができた。

女性の話によると、彼女の伴侶はヘレヴーツリュイス籍の船の船長で、最近出港したばかりだった。亭主はこともあろうに彼女ではなく別の女を乗せて出奔した。しかし妻のほうは、家庭の平和第一の口うるさい近所のおかみからことの次第を聞いて、妻たる者の権利に地上も海上もないとばかり、嫉妬の炎を燃えあがらせて、手漕ぎボートに乗り込み、亭主を追いかけた。亭主の船の後甲板に上がるとすぐ名状しがたい短い声を発し、自分が正妻であることを相手に見せつけようとした。夫の方は、これはたまらじと数歩さがった。その結果は惨憺《さんたん》たるもので、妻の骨ばった右の鉄拳は夫の耳を狙ったつもりが、波をたたくことに。波の方は亭主よりもさらに引き際がよく、そのせいでその鉄拳は海底にぶつかって止まった。

こうして我輩の役割は、災い転じて夫婦仲を取り持つことになった。

亭主から送られてきた感謝状がどういう文面か、見なくとも想像がついた。なにせ

53　スペインの作家ミゲル・デ・セルバンテス（一五四七―一六一六）の小説『ドン・キホーテ』で主人公が乗る愛馬の名。

亭主が港に戻ってみると、やさしい妻が我輩に救われ、亭主の帰りを待っていたのだからな。我輩のせいであのろくでもない亭主が被った一撃はたしかに痛かったかもしれないが、心が痛むことはなかった。我輩の行動の動機は純粋なもので、くもりなき人間愛から来たものだ。その結果があの亭主に目も当てられない事態を招来したことは否定しないがな」

さて、みなさん、かの有名な投石器で思いだした父の話はこんなところです。ただあいにくなことに、これほど長く当家に伝えられ、おおいに役立った家宝ではありますが、海馬のくつわにしたのがいけなかったようで、小生はたった一度しか使えませんでした。先ほど話したように、スペイン軍の爆弾を爆発前に敵に投げ返し、絞首台の露となる運命だった戦友二名を救いだしたあのときのことです。ここぞとばかりに使ったのですが、すでに少々もろくなっていた投石器は使い物にならなくなりました。投石器の大半が爆弾にくっついて飛んでいき、残ったのは手にしていた部分だけ。それは永遠に記念すべく、いまでもほかの貴重な骨董品とともに当家の資料室に保管してあります。

あれからまもなく小生はジブラルタルをあとにし、イギリスに戻りました。そこで人生最大の珍事に遭遇したのです。

ハンブルクにいる数人の友人に送る船荷の積み込みに立ち会うため、ロンドンのワッピング区に赴いたときのことです。用事をすました帰り道、ロンドン塔のそばの河岸遊歩道をとおりました。昼間のことで、小生はひどく疲れていましたし、日差しがきつかったので、そこに並ぶ大砲の一門にもぐり込み、ひと休みとしゃれこんだのです。中に入るなり、すぐに熟睡してしまいました。

ところがその日は六月四日、現国王ジョージ三世[54]の誕生日でして、この日を祝って午後一時に祝砲が撃たれたのです。火薬は朝のうちに装塡《そうてん》されていたらしく、まさか小生が中にいるなどと、だれも思うはずがありません。こうしてテムズ川の対岸の町並みを越え、バーモンジー区とデプトフォード区のあいだの農家の庭先まで飛ばされてしまったのです。落ちたのは大きな干し草の山。ただものすごい轟音《ごうおん》にさらされた

54　ハノーヴァー朝第三代のグレートブリテン及びアイルランド連合王国国王（在位一七六〇―一八二〇）。

G.Doré

ので、おわかりと思いますが、そのまま気を失ってしまいました。

およそ三カ月後、干し草の値が暴騰し、農夫はここで売らねば損と考えたのです。小生が横たわっていた干し草の山はその農場でも一番大きなもので、すくなく見積もっても五百フーダー[55]はあり、まずその山から積みだしがはじまりました。ハシゴをかけて干し草の山に登ろうとした者たちの騒々しさに、小生は目が覚めました。といっても、朦朧《もうろう》としていて自分がどこにいるのかまったくわからない。逃げだそうとしたとたん、この干し草の持ち主の頭の上に墜落してしまいました。小生は怪我《けが》ひとつしませんでしたが、農夫の方がひどい目にあいました。小生の下敷きになり、あえなく死んでしまったのです。わざとではなかったのですが、農夫は首の骨を折ってしまったのです。

あとになって、こいつがひどい業つくばりのユダヤ人[56]で、農場で収穫したものをだし惜しみして、価格が高騰するのを待って大儲けしようとしている奴だったと聞いて、

55　約五十万リットル。フーダーはドイツの古い体積の単位。地域によりばらつきはあるが、およそ千リットルに相当する。

ほっと安堵しました。それならばこうして横死したことも天罰にちがいなく、庶民にとってはまことに快挙といえるものだったのです。

ところですっかり目が覚め、しばらく考え込んで、眠り込んだのが三月《みつき》前だと気づいたときは、さすがに腰を抜かしました。そのあいだ八方手を尽くしても見つからなかった小生がぴんぴんしてあらわれたとき、ロンドンの友人たちがどれほどびっくりぎょうてんしたか。それは、みなさんの想像にお任せしましょう。

さあ、一杯飲んでください。そうしたら小生が体験した海の冒険を二、三お話ししましょう。

56 ラスペ版では「ユダヤ人」という記述はなく、ビュルガーによる加筆。当時のユダヤ人への偏見が反映しているといえるだろう。同時代のアーデルングの『高地ドイツ語辞典』（一七七四―八六年）の「ユダヤ人」の項によると、本来の意味のほかに侮蔑的な用法があったと記されている。Geldjude（金銭ユダヤ）、Kornjude（穀物ユダヤ）という合成語があげられている。

海洋冒険その八

みなさんはもちろんフィップス船長[57]——今はマルグレイヴ卿と称しています——の最後の北洋探検旅行のことを耳にしているでしょう。小生は船長に同行しました。いや、彼の航海士としてではありません。あくまで友人としてです。

北緯も相当に高くなったところで、小生はジブラルタルの旅の話でおなじみの望遠鏡を取りだし、あたりを見まわしました。ついでにいいますと、ときどきまわりを見ることは大事なことだとつねづね考えているからです。それが旅先であればなおさらです。およそ半マイル先に氷山が浮遊していました。こちらの船のマストよりもはるかに高く、おまけにシロクマが二頭、乗っています。しかもどうやらひどい喧嘩の真っ最中。

小生はすぐに鉄砲を肩にかけ、その氷山へと向かいました。しかしいざ氷山の頂上めざして登ってみると、これがとんでもなく険しくて、あぶなっかしい道だったのです。恐ろしいクレバスを何度も飛び越えざるをえず、鏡のように表面がつるつるのところもありました。ですから転んでは立ち、立っては転ぶという動作を何度繰り返したことか。それでもなんとか二頭を射程に収めるところまで近づきました。そのとき気づいたのです。二頭は喧嘩をしているのではなく、じゃれあっているのだと。早くも毛皮の価値を見積りました。なにせどちらのシロクマも、肥えた雄牛くらいの大きさはありましたからな。

さて銃を構えようとしたときのことです。右足をつるりとすべらせ、仰向《あおむ》けに転がり、したたかに頭を打って、三十分近く気を失ってしまいました。目が覚めてみて、おどろいたのなんの。シロクマの一頭がうつぶせになった小生の上にかがみこみ、新

57 コンスタンティン・フィップス男爵（一七四四―九二）。イギリスの探検家。北極探検は一七七三年に行われた。

しい革ズボンのバンドをくわえているところだったのです。小生の上半身は奴の腹の下、両足は奴の顔の方。シロクマが小生をどこへ引っ張っていこうとしているかは神のみぞ知るという次第。

しかしここにあるこの折りたたみナイフを取りだすなり、奴の左の後ろ脚に突き刺して指を三本切り落としてやりました。すると奴は小生を放して、すさまじいうなり声をあげました。小生は銃を構え、逃げていく奴めがけて発砲しました。奴は突然倒れました。

小生の一発は血に飢えた猛獣を一頭、永遠の眠りにつかせたのですが、周囲半マイルの氷上に寝ころんでいた何千頭もの仲間を起こすことにもなりました。そいつらがいっせいに駆け寄ってきたのです。もう一刻の猶予もありません。絶体絶命。死にたくなければ、すぐになにかいい手を打たねばなりません。

そして妙案を思いつきました。

熟練の猟師がウサギの皮をはぐ時間の半分ほどで、死んだシロクマの皮をはぐと、体にまとい、奴の頭部に頭を突っ込んだのです。小生がそこまでやり遂げたときにはもうシロクマがまわりに集っていました。皮の中で小生はふるえました。しかし計略

はまんまと図に当たりました。やつらは順にやってきてにおいをかぎ、小生を仲間と認めたのです。体の大きさでは負けていましたが、あとは完璧でした。それに群れの中には、小生と変わらない大きさの若いシロクマもいました。奴らは、小生と死んだシロクマのにおいをかいだあと、小生を仲間入りさせました。彼らの動きは概《おおむ》ね真似ができました。ただうめいたり、吠えたりするのだけはかないませんでしたが。姿はシロクマでも、小生はあくまで人間です。そこでシロクマたちとのあいだにできた信頼関係をどうすれば一番うまく利用できるか頭をひねりました。

　昔ある老軍医から聞いたのですが、背椎《せきつい》を負傷すると即死するそうですな。小生はそれを試してみることにしました。ふたたびナイフを手に取り、一番大きなシロクマのうなじの付け根に突き刺したのです。もちろん危険は覚悟の上でした。さすがにどきどきしました。なにせそいつがそのひと刺しで死ななければ、小生はずたずたに引き裂かれることになります。しかし、これがうまくいったのです。シロクマはうめき声すらあげずに小生の足元に倒れて死にました。そこで残りのシロクマもこのやり方で始末することにしました。しかもそれがすこしもむずかしくなかったのです。ばったばったと仲間が倒れていくのに、騒ぐシロクマはいませんでした。連中は倒れる原

因や結果など眼中になかったのです。それは連中と小生双方にとって上々といえました。

シロクマが全滅したのを見て、小生は自分がまさに一騎当千のサムソンになったような気がしましたよ。

そのあとのことを簡単に話すと、小生は船に戻り、船員の四分の三に手伝ってもらって皮をはぎ、もも肉を船へ運びました。数時間で作業は片づき、船は荷でいっぱいになってしまいまして、残りは海に捨てたわけですが、思うに塩漬けにすれば、生で食べるのと遜色なかったと思います。

航海から帰ると、船長の名で海軍卿、大蔵卿ならびにロンドン市長と市参事会員、商業組合、さらには小生の特別な友人たちにもも肉を進呈しました。感謝感激の雨あられでした。とくにシティからは、毎年市長就任式当日にロンドン市庁舎でのディナーに招待されるというお返しまでちょうだいしました。

さらにシロクマの毛皮をロシア女帝[58]宛、陛下および廷臣諸兄の冬物として贈ったところ、女帝は自筆の書簡をしたためて特使に持たせ、寝室と王冠を共有する名誉を授けてくれました。しかし王位にはそれほどひかれなかったので、丁重にお断りしました。陛下の書簡を届けた特使はまた、小生の返事を待って、自らそれを持ち帰るという任務を帯びていました。まもなく陛下から第二の書簡が届きました。女帝陛下の熱意と精神の高邁《こうまい》さにはなみなみならぬものがありました。

ドルゴルーキー侯の話では、陛下が先般、病に伏したのは、いじらしいことに小生がつれなくしたせいだというのです。小生のどこにひかれるのかは謎ですが、玉座から小生に手を差し伸べた女性はなにもロシア女帝ひとりではありませんでした。

ところで、北洋探険の際、フィップス船長はもっと北まで進めたはずなのに最善を尽くさなかったと口さがないことをいう方々がおりますな。ここで弁解するのは小生の義務だといえます。船は順調に進んでいました。しかしそれも、大量のシロクマの毛皮と肉を積み込むまでのこと。あれほどの荷を積んでさらに船を進めようとするのは得策ではありませんでした。それに風向きも悪くなり、高緯度につきものの氷山の数々もいうに及びません。

船長はあれ以来、クマ皮の日と呼びならわしているあの日の栄誉に自分が与《あずか》れな

58　ロマノフ朝第八代ロシア皇帝エカチェリーナ二世（在位一七六二―九六）。

いのは不満だと不平をいっています。そのじつ船長は、あの栄えある収獲がうらやましく、なにかとケチをつけているのです。船長と小生はもう何度もそのことで口論になり、いまも険悪な状態です。船長がなんとうそぶいていると思いますか。小生がシロクマの皮をかぶって連中の目を欺いたことなどすごくもなんともない。自分ならそんな変装などせずに連中の中に入っていっても平気だった。それでも仲間のシロクマだと思わせてやれた。そういうのです。

なかなか微妙なところです。礼節をわきまえる者としては、だれかと、それもかの高級貴族であればなおのこと、そのことについて論争するのはよろしくないと思われますので。

海洋冒険その九

また別のとき、ハミルトン船長の船でイングランドから東インドへ航海したことがあります。小生はポインター・セッターを一頭連れていました。これは断言しますが、そいつの体重とおなじ重さの金を積まれても交換するのはお断りです。あのポインター・セッターは一度として小生を裏切ることがありませんでした。

ある日、どんなに物見をしても陸地が見えず、すくなくとも三百海里は離れているだろうというときに、あいつは獲物がいると知らせてくれたのです。小生はおどろいて丸一時間、あいつを観察し、船長や航海士たちに、犬が獲物をかぎつけたから陸地が近いはずだといったのです。みんなから失笑を買いましたが、小生に迷いはありませんでした。

押し問答がしばらくつづいてから、小生は信念を曲げず、物見の目よりも愛犬トレイの鼻を断固信じつづけました。そして三十分以内に獲物が見つかるかどうか、金貨百ギニーを賭けようと船長に提案したのです。これはそのときの船賃と同額でした。

船長は——じつに剛毅《ごうき》な男でした——またしても笑いだし、船医のクロフォード氏に小生の脈を診《み》るよう指示したほどです。船医はいわれたとおりにして、小生の脈は正常だと報告しました。それからふたりはひそひそ話をしましたが、だいたいのところは小生の耳にも入りました。

「男爵は正気ではない」船長がいいました。「こんな賭けに応じたら俺の名が廃《すた》る」

「わたしの意見は逆です」船医が答えました。「いたって正常です。航海士のおつむよりも犬の嗅覚を信頼しているだけです。いずれにせよあの方の負け。当然の報いです」

「こんな賭けは茶番だ」船長はいいました。「だがあとで金を返してやれば、俺の名が上がるというものだ」

そのあいだも、トレイはさっきとおなじ姿勢をつづけていましたから、こちらはますます確信を持ちました。小生はもう一度賭けようと声をかけました。そこで船長もついに賭けに応じたのです。まもなく、船尾に固定されている長いボートで釣りをしていた水夫たちが、途方もなく大きなサメを甲板に釣りあげました。さっそくその大ザメの腹を切り裂くと、なんと、生きているヤマウズラのつがいが六組も出てきたのです。

ヤマウズラはあわれにもしばらく前からその境遇に置かれていたらしく、雌の一羽など卵を五個も抱いていました。しかもちょうどサメの腹を裂いたとき、ヒナが一羽卵からかえったのです。

このヒナは、たまたまそのすこし前に生まれたばかりの子猫といっしょに育てることにしました。母猫はこのヒナのことを子猫とおなじくらい気に入りまして、遠くへ飛んでいき、すぐに戻ってこないようなことがあると、ひどく不機嫌になったものです。残りのヤマウズラのうち四羽の雌はよく卵を産んだので、航海中、船長の食卓は野鳥の肉に事欠くことがありませんでした。

トレイには、小生が百ギニーをせしめた礼に毎日骨を与え、ときには鳥を一羽丸ごと食わせてやりました。

海洋冒険その十――月旅行その二

みなさん、銀の斧《おの》を取りもどすため、月にちょっとした旅行をしたことをお話ししましたな。じつはあのあともう一度、はるかに楽な方法でちらへ出かけ、しばらく逗留《とうりゅう》して、かの地の文物についてたっぷり見聞を広めたことがあるのです。これから記憶しているかぎりのことをお話ししましょう。

遠縁にあたるある人物が奇妙な考えに取り憑《つ》かれまして、かのガリヴァーがブロブディンナグ国で発見したと主張した巨人族にもその体格でひけをとらない民族がどこかにいるはずだと信じ込んでいたのです。ついては探険旅行に出るので、同道してくれと頼まれました。といっても、小生は、ガリヴァーの話はよくできた作り話、ブロブディンナグ国など黄金郷《エルドラド》とおなじようにデマだと思っていました。ところがかの人物は小生を遺産相続人に指名してくれまして、こうなってはこちらも誠意を示すほかありません。南洋まではなにごともなく行き着き、とくに取り上げるほどの話題はありませんでした。例外といえば、空飛ぶ男女数人に出会ったことくらいです。その者たちは宙でメヌエットを踊ったり、カエル跳びをやったり他愛もないことをいろいろやってみせてくれました。

タヒチ島のそばを通過して十八日目、暴風雨に見舞われまして、船が海面から千マイルの高みに吹きとばされ、しばらく上空にとどまったことがあります。やがて清々《すがすが》しい風で帆がふくらみ、それからは信じられない速さで進みました。

六週間もの長きにわたって雲の上を航行したあと、大きな陸地を発見しました。丸く輝く、まるで光っているかのような島でした。ちょうど手頃な港を見つけて上陸してみると、その島には住民がいました。眼下には地球が見えました。町も森も山も川

G. Doré

も海もあります。どうやらそこが元いた地球らしい。

月――小生たちが辿《たど》り着いた光る島はなんと月だったのです。そこで頭が三つあるハゲタカにまたがる巨人の集団と遭遇しました。そのハゲタカの大きさを理解してもらうには、翼を広げた長さが船で一番長い帆綱六本分に相当したといっておきましょう。こちらの世界では馬にまたがりますが、月人はハゲタカに乗って飛びまわるのです。

月の王はおりから太陽と交戦中で、小生は将校の地位につかないかと誘われました。国王からの申し出は名誉なことですが、遠慮しておきました。

月世界では万事けたはずれな大きさで、た

とえばごく普通にいるハエが、こちらのヒツジに負けない大きさなのです。それから月人好みの戦争の武器は二十日大根《はつか》で、これを投げやりのように使うのです。これに当たると即死です。盾はキノコで作られ、二十日大根の時期が終わると、アスパラが代わりを務めます。

小生はそこで天狼星人《シリウス》も数人見かけました。商売熱心が嵩《こう》じて遠路はるばるやってきていたのです。彼らの顔つきときたら、大きなブルドッグそのもの。目は鼻の先端というか、どちらかというと付け根の左右についていて、まぶたはなく、眠るときは舌で目をおおうのです。身長は二十フィート［約六メートル］。ちなみに月人には、三十六フィート［約十メートル八十センチ］以下の者はおりませんでした。

ところで彼らを人と呼ぶのにはいささか抵抗があります。人間ではなく、料理生物と呼ぶのが妥当でしょう。というのも、彼らはこちらの人間とおなじように火を使って調理をするからです。ただし食事にあまり時間をかけません。左の脇腹をあけて、そこから料理を十把一絡《じっぱひとから》げにして胃袋に突っ込み、また脇腹を閉めて、それで一カ月はもたすのです。したがって彼らは食事を一年に十二回しかとりません。――大食らいだったり、美食家だったりしなければ、こんなに結構な仕組みはないでしょう。

ところで愛の喜びは月ではまったく知られていません。というのも、料理生物をはじめ月の生き物は単性だからです。月の生き物はすべて木に生《な》るのです。しかし木によって実の形もちがえば、大きさも葉の形も異なります。料理生物と呼ぶべき月人がなる木はほかの木よりも格段に美しく、大きく、枝がまっすぐで肉色の葉をしていました。実はとても堅い殻に入っていて、長さはすくなくとも六フィート［約一メートル八十センチ］ありました。実が熟すと、色でわかります。実はていねいにもぎとられ、適当な期間保存されます。種子をかえすときは、湯を沸かした大きな釜に放り込みます。数時間で殻がひらいて、生き物が飛びだすというわけです。

月人の精神は生まれる前からどういうものになるか決まっています。兵士とか、哲学者とか、聖職者とか、法律家とか、農園主とか、農民とか。彼らは、理屈ではすでにわかっていることを実践の中で完璧にすべく、すぐ活動をはじめます。殻を見て、その中に何者が入っているかいいあてるのは非常にむずかしいことです。しかし当時、月人の神学者がこの謎を解明したといって物議を醸していました。ただ大方の人はその神学者をまともに相手にせず、病人扱いしていましたが。

月人は年を取っても死ぬことがありません。煙のように消えてなくなるのです。月人はまた水分補給を必要としません。息はしますが、排泄《はいせつ》はしないからです。手には指が一本しかありませんが、それでも指を五本持つこちらの人間よりも器用になんでもこなします。

頭は小脇に抱えていて、旅行とか、動きのはげしい作業をするときには家に置いておくのが一般的です。頭と胴体はどんなに離れていても、意思疎通ができるからです。月人の上流階級は、一般人のあいだでなにが起きているのか気になっても、わざわざ足を運ぶようなことはしません。家にとどまったまま、つまり胴体を家に残して、頭だけこっそりお忍びで出かけ、欲しい情報を好きなだけ手に入れて帰ることができるのです。

月にもブドウの種子はありますが、こちらの雹《ひょう》にそっくりで、月で嵐になり、ブドウが枝から落ちると、その種が地上に降ってきて雹になると、小生は確信しています。ワイン販売業者の中には、おそらくこのことを知っている者がいるはずです。すくなくとも雹の元になった種から作ったらしい、月のワインそっくりの味がするものによく出くわすからです。

そうそう、もうひとつ注目すべきことをいい忘れるところでした。月人にとって腹というのは、こちらでいうリュックサックに相当するのです。そこに必要なものを入れて、好きなとき

に開け閉めするのです。なぜなら彼らには腸や肝臓や心臓といったわずらわしい臓器がないからです。これは衣服についてもいえることで、彼らの体には恥ずかしくて隠したくなるようなものなどいっさいついていないのです。

目玉も好きなときに取りだしたり、はめたりすることができます。しかも顔につけていようと、手に持っていようと見ることができるのです。片目を失くしたり、壊したりしてもだいじょうぶ。目玉は借りるか、買うかして、補充できるからです。ですから月ではいろんなところで目玉売りに出会います。そして目玉の色には流行《はや》り廃《すた》りがあるらしく、あるときは緑色の目、またあるときは黄色の目が流行していました。

こんなふうに話すと、荒唐無稽に聞こえるかもしれませんが、すこしでも疑いを抱くなら、みずから月に赴くことをすすめます。旅人には珍しく、真実を忠実に伝えていることがわかるでしょう。

地球の真ん中をつっきる旅ほか摩訶《まか》不思議な冒険の数々

みなさんの目を見ていると、小生の数奇な体験を聞いているみなさんよりも、話しているこちらの方が先に眠くなってしまいそうですな。気に入っていただけたのはなによりです。そうなると、月旅行を話のしめくくりにと思っていましたが、そうもいきませんね。よかったらもうひとつ話を披露いたしましょう。奇妙奇天烈《きてれつ》さにおいては、これまでの話に勝るとも劣らぬものです。

ブライドン[59]のシチリア島旅行記を読んで感銘を受けた小生はあるとき、エトナ山に登ってみたくなったのです。シチリア島までの旅ではとくに注目すべきことはありませんでした。これがほかの旅行者なら、見るものみな珍しく、旅費の元をとろうとこと細かに語るところでしょうが、小生には日常茶飯事にすぎませんでした。そんなつまらない話を立派な方々の耳汚しにはしたくありません。

　さて、ある朝早々に、小生はエトナ山のふもとにある小屋を出発しました。たとえこの命を落とそうとも、あの有名な火口の内部を調べずにおくものかと固く決心していました。険しい道を三時間も登った末に、頂上に達しました。エトナ山はちょうど

59　パトリック・ブライドン（一七三六―一八一八）、スコットランドの紀行作家。『シチリア島およびマルタ島旅行記（*A Tour through Sicily and Malta*）』（一七七三年）で知られる。

噴火していました。もう三週間も噴煙を上げていたのです。しかし噴火の様子はさんざん描写されていますから、小生は遅きに失したというほかありません。ただし経験からいえることですが、あれは筆舌に尽くし難いものでした。されば、不可能なことにこだわって時間をむだにし、みなさんの不興を買うのは得策ではありません。

小生は火口を三周しました。巨大な漏斗《ろうと》を想像してみてください。ところがそれではどうも物足りない。そこで意を決して飛び込んでみることにしたのです。そのとたん想像を絶するほど熱い蒸し風呂にでも入ったような状態になりました。小生のあわれな生ける屍《しかばね》は絶え間なく噴き上がる真っ赤に焼けた石炭によってどこもかしこも打ち据えられ、焼かれてしまったのです。

石炭を噴き上げる力は、それはすさまじいものでしたが、それでも小生の重さの方がまさっており、体が沈んでいきました。まもなく地の底に着きました。最初に気づいたのは、恐ろしい喧騒でした。どこを向いても騒音、怒声、罵声ばかり。

目をあけてみてびっくり！

火の神ウルカヌスとその手下である単眼の巨人キュクロープスたちがいたのです。この者たちは――それまで嘘の世界の住人だとばかり思っていたのですが――三週間前から秩序と主導権を争っていたのです。はた迷惑にも、そのせいで地上にまで騒ぎが及んでいたのでした。小生の出現で、あちらは一挙に和を結び、団結しました。ウルカヌスはすかさず戸棚に歩いていき、絆創膏《ばんそうこう》とぬり薬を持ってきて、小生に手ずからぬってくれたのです。小生の傷はすぐに癒えました。それから飲み物もだしてくれました。神々にしか手に入らない神酒《ネクタル》と数本の貴重なワインでした。

小生がすこし元気になると、ウルカヌスは奥方のウェヌスに小生が居心地よく過ごせるよう取りはからえと命じました。案内された部屋の美しさ、ソファのすわり心地、ウェヌスの神々しいばかりの魅力――口にするのももったいないくらいで、思いだしただけで目眩《めまい》をもよおします。

ウルカヌスはエトナ山についてこと細かく説明してくれました。それによると、あの山は神の鍛冶場《かじば》から出た灰を積んだもので、手下の失態を罰するため、ウルカヌスが真っ赤に焼けた石炭を怒りにまかせて投げるたびに、手下どもがうまく身をかわして避けては、ウルカヌスを空手にしてしまえとばかりに外界へ石炭を放りだしたものだといいます。

「この諍《いさか》いは何カ月もつづくことがある」ウルカヌスはそういっていました。「外界で起きるその現象を、命ある者たちはたしか噴火と呼んでおるな。ヴェスヴィオ山もそうしたわが工房のひとつでのう、海底に三百五十マイルほどの道が通じておる。かの地でもよく諍いが生じ、同様の噴火が起こるのだ」

神に教えられたことには得心がいきましたが、それよりうれしかったのは奥方とお付き合いできたことです。もしかしたら、その地下宮殿にそのままいついていたかもしれません。ところが口さがない奴が告げ口をしたため、ウルカヌスはすさまじい嫉妬の炎で寛大な心を吹き飛ばしてしまったのです。

　ある朝、女神の化粧のお手伝いをしていたとき、小生は引っ捕らえられました。あれは青天の霹靂《へきれき》でした。それまで見たこともない部屋に連行され、深い井戸のようなところに吊るされました。ウルカヌスはいいました。

「この恩知らずの人間め。きさまが来た世界に戻るがいい」

そういうなり、中し開きの機会も与えず、小生を奈落に突き落としたのです。落ちること、落ちること、しだいに速度を増し、あまりの恐ろしさにいったん気を失ってしまいました。すると突然、大きな海に出て、気絶状態から覚醒しました。日の光がさんさんと降り注いでいました。若い頃から泳ぎは得意で、どんな泳ぎ方でも自由自在でしたから、水を得た魚もおなじです。いましがた解放されたばかりの恐ろしい状況と比べたら、そこは天国でしたよ。

しかし四方を見まわしても、あるのは水ばかり。気候もさっきまでいたところとは雲泥の差でした。なにせウルカヌス殿の鍛冶場は人の住むところではありませんでしたから。そのうちかなり遠くに途方もなく大きな岩らしきものが見えてきました。なぜかこっちへ近づいてくるように思えました。まもなくそれが漂流している氷山であることがわかりました。さんざん探しまわって這《は》い上がれるところを見つけ、小生はそこから氷山のてっぺんまでよじ登りました。ところが、そこからいくら眺めまわしても陸は見えません。絶望的とはこのこと。

日が暮れる直前、一隻の船がこっちへ来るのを発見しました。船が近くに来ると、

小生は叫びました。返事はオランダ語でした。小生は海に飛び込むと、船まで泳いでいき、甲板に引き上げてもらいました。そこがどのあたりかたずねると、南太平洋という答えが返ってきました。これで謎が解けました。エトナ山から地球の中心を通って南太平洋に落ちたのにまちがいありません。いずれにせよ、これは地球をぐるりと回るよりも近道です。しかもその道を通った人間は小生ただひとり。ふたたびその道を通る機会に恵まれたら、もっと念入りに観察しようと心に期しているところです。

　小生は飲み物をもらって床につきました。しかしオランダ人は無礼者ぞろいです。みなさんにするように高級船員相手に小生の冒険を話したところ、その中の何人か、とくに船長が疑《うたぐ》り深い顔をしたのです。船に救い上げてもらい、彼らの情けで命を永らえている手前、この侮辱はいやおうなく受け入れねばなりませんでした。

　ところで船の行き先を聞いたところ、新発見を求めて旅の途上にあるといわれました。そして小生の話が本当なら、目的は果たしたようなものだ、とも。クック船長とおなじ航路を辿って、翌朝にはボタニー湾[60]に到着しました。イギリス政府はあそこに罪人を送ることにしたようですが、自然に恵まれた地なのですから、国に貢献した人々への褒美にすべきだと愚考します。

そこにはわずか三日しかとどまりませんでした。出港してから四日目、すさまじい嵐に見舞われ、数時間のうちに帆はことごとく引き裂かれ、船首の斜檣《しゃしょう》は砕け散り、大きなトゲルンマスト［一本のマストを構成する下から三番目の部分］が吹き倒される事態になりました。しかもトゲルンマストの直撃で、羅針盤が粉々に破壊されてしまったのです。海に出たことのある者ならだれしも、羅針盤の損失がどんなに悲惨な結果を招くか承知のはず。西も東もわからなくなったのです。やがて嵐が去り、風がさわやかに吹きつづけました。三カ月、ひたすら船を走らせました。結果として途方もない距離をすすんだはずです。そのとき突然、周囲の状況が一変したことに

気づきました。小生たちは気持ちも軽くなり、喜びに沸きました。かぐわしい香りが鼻をくすぐり、海の色も緑から白へと変わりました。

この不思議な変化に気づいてまもなく陸が見えました。それほど遠くないところに入江があり、とても広々していて、水深もありそうだったので、そちらに船首を向けることにしました。ところがこの入江は、海水の代わりにじつに美味なミルクに満ち満ちていたのです。上陸してみると、なんと島全体が巨大なチーズでできていました。[61]といっても、特別な事情がなければ気づかなかったかもしれません。船員に生まれつきチーズ過敏症の男がいまして、そいつが上陸するな

60　オーストラリア大陸東部にある湾。一七七〇年世界一周航海の途上クック船長が上陸した。一七八八年この地に流刑植民地が設立されている。

り、失神して倒れたのです。意識を取り戻すと、そいつは足の下のチーズを取り除いてくれと懇願するではないですか。調べてみて、そいつの言い分が正しいと判明しました。さきほどもいったように、島全体が巨大なチーズだったのです。島民はそれを主食にしていました。日中食べた分が夜になると、また増えてくるのです。

大きな房がたわわに実ったブドウの木もたくさん見かけましたが、実を押しつぶしてみると、出てくるのはなんとミルクでした。島民は直立歩行するきれいな生物で、身長はおよそ九フィート［約二メートル七十センチ］。足が三本あり、手は一本。成長すると額に角《つの》が一本生え、それを器用に使います。連中はミルクの表面でかけっこをしたり、野原を行くように悠々と散策したりしていました。

またこの島というかチーズの上には大量の穀物が育っていましたが、その穂はキノコのような形をしていて、その中にはこんがり焼けてすぐに食べられるパンが入っていました。探検中、ミルクの川を七筋、ワインの川を二筋見つけました。

十六日間の探険の末、上陸地点の反対側にある海岸に出ました。そこいら一帯はチーズ好きが小躍りするようなブルーチーズでできていました。しかしダニがわくどころか、そこにはすばらしい果樹の林ができていました。モモやアンズだ

61　中世以来、地上の楽園の伝承がある。ドイツではシュラ ラッフェンラント Schlaraffenland として知られ、かの地ではミルクやハチミツやワインが川に流れているとされる。この部分の描写はこの伝承から想を得たものだろう。シュララッフェンラントはゼバスティアン・ブラントの『阿呆船』（一四九四年）で楽園のパロディとして扱われ、十五世紀の謝肉祭劇でもひんぱんに取り上げられた。グリム童話として知られる『子どもと家庭のメルヒェン』にも第二版（一八一九年）から「シュララッフェンラントのメルヘン」（ＫＨＭ１５８）として収録されている。

けでなく、見たこともない無数の果実。これら見上げるほど大きな果樹の上には、たくさんの鳥の巣がありました。

中でもひときわ目をひいたのはカワセミの巣です。その大きさたるや、ロンドンにそびえ建つセントポール大聖堂の屋根の五倍はありました。巨大な木を巧みに組んだもので、中にはすくなくとも——待ってください——正確を期したいので——すくなくとも五百個の卵が入っていて、どの卵も一オックスホフト[62]くらいの大きさがありましたよ。卵の殻は透きとおっていて中のヒナがすけて見えるばかりか、鳴いているのが聞こえました。

卵のひとつを苦労して割ってみると、羽根の生えそろっていないヒナが出てきました。ヒナといっても、ハゲワシの成鳥二十羽分よりも大きかったのですが。小生たちがそのヒナを自由にしてやるなり、親のカワセミが舞い降りてきて、片脚の爪で船長をつかみ、天高く一マイルは舞い上がると、翼で彼をひどく打ち据えて海に落としました。

オランダ人はみなドブネズミのごとく泳ぎが達者です。船長もすぐ小生たちのところへ泳いで戻ってきました。それから小生たちは船に戻ることにしました。ただ、来た道を戻ることはしませんでした。そこでも奇妙なものをいろいろ見つけました。たとえば二頭の雄の野牛。角は眉間に一本しか生えていませんでした。しかし撃ち殺したのは早計でした。あとで知ったことですが、島民の話では飼いならせるというのです。ちょうどこちらの馬のように乗ったり、車を引かせたりできるわけです。それに肉がべらぼうにうまいということですが、島民はミルクとチーズだけで暮らしているので、それも無用の長物なのでした。

船まであと二日というところまで来て、足を縛られて高い木に吊るされている島民を三人見つけました。こんな厳しい刑罰を受けるとは、いったいなにをしたのかとたずねたところ、島の外に出て、戻ってから友人たちに嘘をつき、見てもいない場所や、ありもしないものについて話したせいだというのです。小生も、この刑罰は妥当だと

62　約二百リットル。オックスホフトはドイツの古い液量単位。主としてワインやビールを量るときに使われた。

思いました。旅するものの責務は、本当にあったとおり厳密に伝えることにあるからです。

船に辿《たど》り着くとすぐ錨《いかり》を上げ、この風変わりな土地から出帆しました。とんでもなく大きくて高い木を含め岸辺の樹木がいっせいにこちらへ向かって二度、一糸乱れずお辞儀をし、また元の立ち姿に戻りました。

それから三日間は、あてずっぽうに操船。いまだに羅針盤がなかったからです。やがて海面が真っ黒な海に入りました。真っ黒に見えるその海水をなめてみると、すばらしいワインだったのです。船員がみな、酔っ払ってしまわないように気をつける必要があるほどでした。

しかしその喜びもつかの間。数時間後、クジラをはじめとする巨大生物に取り囲まれてしまったのです。その中に、望遠鏡をありったけ集めても、見渡すことができないほどの大きさの魚がいました。あいにく近くに行くまで、その怪物に気づきませんでした。船はマストに帆を張ったまま、そいつにのみ込まれてしまいました。大口をあけたときの奴の歯の大きさと比べたら、超大型戦艦のマストでも小さな楊枝に見えたでしょう。

奴の口の中にしばらくいると、口がふたたびがばっとひらいて、大量の海水が流れ込んできて、船が浮きました。みなさんにも簡単に想像できることでしょうが、軽食とはとてもいえないはずなのに、そのまま胃の中へ運ばれました。

そこは、無風状態で停泊しているときのように静かでした。空気がすこし生暖かく、息苦しかったことは否定しません。そこには錨、帆網、ボート、艀《はしけ》、そして相当の数の船がありました。その巨大魚は荷が積んであろうとなかろうと見境なくのみ込んだのです。なにをするにも松明《たいまつ》が頼りでした。太陽も月も星も出なかったからです。そこには日に二度、高潮が押し寄せ、二度潮が引いて船が胃袋の底につきました。この怪物がのみ込む水量ときたら、控えめに計算しても周囲三十マイルはあるジュネーブ湖の水より多かったでしょう。

　闇の世界に囚われて二日目、小生は潮が引き、船が胃袋の底についたときを見計らって、船長と数人の航海士と連れ立ってあたりを探査してみました。もちろん全員、松明を持って出ました。そして一万人に及ぶさまざまな国の人々に出会ったのです。彼らはどうしたら自由になれるか相談するためちょうど寄り合いをしていました。中にはこの胃袋で過ごすこと数年に及ぶ者もいたほどです。議長が会議の趣旨と議題を小生らに説明しようとしたまさにそのとき、呪わしい巨大魚は、喉が渇いたのか、またぞろ水をのみはじめたのです。海水がすさまじい勢いで流れ込んできました。船に戻るか、溺れ死ぬ危険を冒すか、ふたつにひとつでした。中には命からがら船まで泳

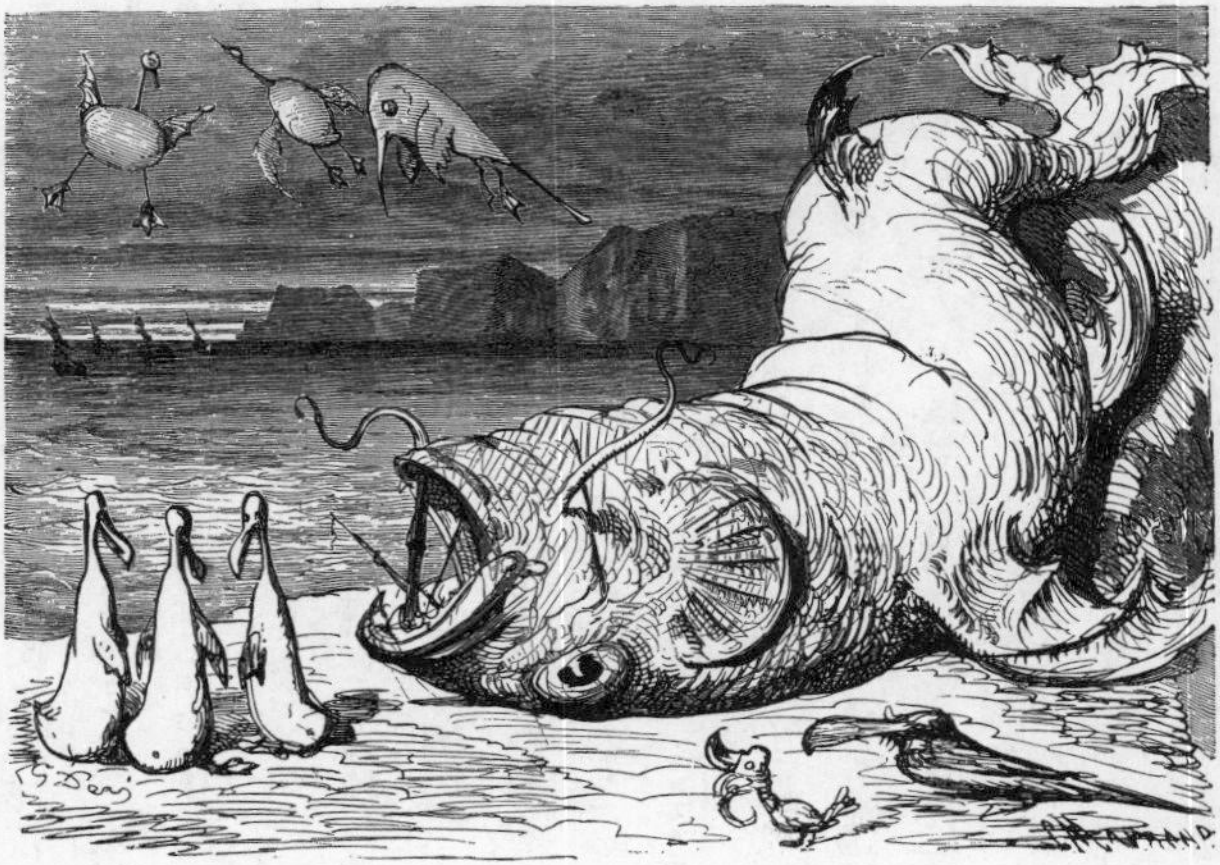

いだ者もいました。

それから二、三時間して、幸運がやってきました。怪物の奴め、水を吐きだしたのです。みんな、また集合しました。小生は議長に選ばれ、もっとも大きなマストを二本継ぎ合わせておき、怪物が口をあけたらつっかえ棒にして、口をふさげないようにしようと提案したところ、これが賛同を得、力自慢の男百人がそれを実行に移すことになりました。マストを二本継ぎ合わせるやいなや、さっそく使う機会が訪れました。怪物の奴があくびをしたのです。継ぎ合わせたマストを運びだし、マストの先端を奴の舌もろともぐさりと下顎に刺すと、もう一方の先端を上顎に突き立てました。これで口を閉じることは不可能。使ったマストがもっとやわでも無理だったでしょう。

こうして胃の中のものがことごとく水に浮くと、数艘《そう》のボートに分乗して外界へと漕ぎだしました。計算では胃に閉じ込められて二週間になります。日の光を浴びて小生たちは心底ほっとしました。

さて、全員があの大きな胃袋から抜けだしてみると、ありとあらゆる国からなる三十五隻の船団になっていました。例のマストは怪物の口に立てたままにしました。ほかのだれかが、闇と汚物にまみれたおぞましい奈落に閉じ込められるというあの恐ろしい不運に見舞われないようにするためです。

小生たちはまず、いま世界のどこにいるか知りたいと思いました。はじめのうちは皆目見当がつきませんでした。小生には見覚えがあったので、そこがカスピ海であることに気づきました。しかしカスピ海は陸に囲まれた内海です。ほかの海とはつながっていません。はて、どうしてここに辿り着いたのか。このことについて、小生がチーズ島から連れてきた島民が納得のいく答えをくれました。その島民によると、あの怪物はなんらかの地下水路をとおって小生たちをここへ運んだというのです。

それはともかく、外に出られて喜びもひとしお。すこしでも早く陸に上がることに

しました。真っ先に上陸したのは小生でした。

乾いた地面に足をつけたとたん、こともあろうに一頭の太ったクマが小生に飛びかかってきました。これはこれは！　いいところに来てくれた。小生は両手でそいつの前脚をつかんで歓迎に応え、心をこめて握手したものですから、そいつは身の毛もよだつ声で吠えだしました。かまわず、そのままの恰好《かっこう》でいたら、奴はとうとう飢え死にしてしまいました。この一件で、小生はクマたちに一目置かれると同時に、敬遠されるようになったのです。

小生はそこからサンクト・ペテルブルクへ向かい、都で古い友人から貴重この上ない贈り物を受け取りました。ちなみにそれは猟犬。しかも野ウサギを追っていて産気づいた、あの雌犬の血を受け継いだ犬です。あいにくその犬はヤマウズラの群れの位置を知らせていたとき、ろくでもない猟師に撃ち殺されてしまいまして、その思い出に毛皮でこのベストを作らせました。これを身につけて猟に出ると、なぜか獲物がいるところに足が向くのです。射程距離まで近づくと、ベストのボタンがはじけて、獲物のいるところに落ちます。こちらはとっくに撃鉄を起こし、火皿に火薬をのせていますから、取り逃がすことは絶対にありません。

ご覧のように、ボタンはもう三つしか残っていません。猟期になったらまたベストのボタンをダブルで新しくつけ直すつもりです。

そのときまたおいでください。愉快な話には事欠かないでしょう。でも今日はここまで。それではどうぞゆっくりお休みください。

解説

酒寄進一

『ほら吹き男爵の冒険』として知られる本書の原題は『ミュンヒハウゼン男爵のすばらしい旅行記　海と陸、遠征、愉快な冒険の数々』という。物語は荒唐無稽、キャラクターは天衣無縫。そして『ほら吹き男爵の冒険』には、「ほら吹き男爵の物語群」とでも呼べそうなさまざまな異話があり、本書が成立するまでの経緯もなかなか興味深いエピソードに満ちている。

まず、ほら吹き男爵にはモデルがいる。ミュンヒハウゼン男爵は実在の人物で、ロシア帝国に仕官し、対トルコ帝国戦争に従軍している。本書で語られるロシアへの旅行や滞在中の体験談、トルコ遠征のエピソードなどは、そうした史実に尾ひれがついたほら話だ。だが本書の内容はそれだけにとどまらず、海洋冒険あり、月や地底への探険ありで、ミュンヒハウゼン男爵本人とはなんら関係のないほら話がつづく。そこにはそれ以前から伝承されていた笑い話や民話が混じっているし、同時代への風刺というぴりっと辛い味付けもされている。そして後世、こういうさまざまな顔を持つほら吹き男爵の物語群は「おはなし」の人気者としてひとり歩きしていくことになる。

そうしたほら吹き男爵の物語群の代表作である本書が誕生するまでの経緯をここで詳しく記したいと思う。

成立史1

ドイツの浩瀚《こうかん》な『児童文学ハンドブック　一七五〇年―一八〇〇年』[1]の「ミュンヒハウゼン」の項によると、ほら吹き男爵の物語群がはじめて活字になったのは一七六一年、リュナール伯ローフス・フリードリヒ（一七〇八―八一）が著した『変わり者』（*Der Sonderling*）においてとされている。確認すると、ミュンヒハウゼンの名は出てこないものの、猟犬の助け（猟犬が尻尾《しっぽ》にランタンを下げていたおかげ）でヤマウズラを狩るくだり、弾込め用の棒でヤマウズラを串刺しにするくだり、雌の猟犬と逃げている野ウサギが産気づいていっしょに子を産むくだりが紹介されている。

次に知られているのは、ベルリンでアウグスト・ミュリウス（生没年不詳）が出版した『愉快な人々のための便覧』（*Vade Mecum für lustige Leute*）第八部（一七八一年）

だ。ここにはミュンヒハウゼン（Münchhausen）の伏せ字と考えられるM-h-s-nの自慢話、ほら話が十六話収められ、さらに同書第九部（一七八三年）で二話追加されている。

第八部の十六話は以下のとおり。厳冬の旅の途中、裸の老人にマントを与える話。教会の塔のてっぺんにぶら下がった愛馬を拳銃で撃ち落とす話。そりでの旅の途中、飢えたオオカミに襲われた話。目から火花をだして発砲し、カモの群れを撃った話。キツネの皮をはぐ話。目の見えないイノシシを家に連れ帰る話。チェリーの実を命中させて、シカの額に桜の木が生えた話。真っ二つになっても走りつづけ、泉の水をがぶ飲みする愛馬の話。脚をすりへらした猟犬の話。雌の猟犬と逃げている野ウサギが産気づいていっしょに子を産む話。卓上で馬術を披露した話。クマの腹の中に火打石を命中させた話。オオカミを表裏ひっくりかえした話、月に刺さった手斧を取りにいく話。狂犬がコートになった話。歌姫のトリル（ふるえ声）に惚れて、酒に漬けた話（本書になし）。

1 Theodor Brüggemann *Handbuch zur Kinder- und Jugendliteratur Von 1750 bis 1800*. 1982 Metzler.

そして第九部の二話は、猛進してきて樹に牙を突き刺してしまったイノシシの話と角笛の音が凍った話。

こうして活字に残されるようになった「ほら吹き男爵」の物語群だが、モデルになったミュンヒハウゼン男爵当人は、それをどう思っていたのだろうか。あまり快く思っていなかったという伝聞がある一方で、酒の席などで当人から似た話を聞いたという逸話も伝わっている。

ミュンヒハウゼン家の子孫A・F・フォン・ミュンヒハウゼンが一八七二年に編纂した『一七四〇年から最近にいたるミュンヒハウゼン家一族史』[2]によると、「ほら吹き男爵」ことヒエロニュムス・カール・フリードリヒ・フォン・ミュンヒハウゼン(Hieronymus Carl Friedrich von Münchhausen)は一七二〇年五月十一日、ハノーファー家で中佐に任官していた父ゲオルク・オットー・フォン・ミュンヒハウゼン(一六八二―一七二四)の第四子としてボーデンヴェルダーで生まれた。ミュンヒハウゼン家は一一八三年まで遡る由緒ある貴族の家柄で、十三世紀半ばに白系、黒系のふたつの家系に分派し、紋章の中のシトー会修道士の服装が白か黒かでどちらの家系に属するか見分けられるようになっている。黒系は十五世紀から十七世紀にかけてミンデン侯国の式部卿を代々務めている。ちなみにヒエロニュムスはその黒系に属するボーデンヴェルダー゠リンテルン家（一四八四年成立）のひとりだ。ヒエロニュムスが生まれた当時、ボーデンヴェルダー゠リンテルン家の領地はブラウンシュヴァイク゠リューネブルク選帝侯領に属していた。なお選帝侯ゲオルク・ルートヴィヒ（一六六〇―一七二七）が一七一四年にジョージ一世としてグレートブリテン王に即位したことにより、選帝侯領とイングランドは同君連合になっていた。

ヒエロニュムスはブラウンシュヴァイク家に小姓として出仕したのち、ブラウンシュヴァイク胸甲騎兵連隊を率いてロシアに滞在していたアントン・ウルリヒ・フォン・ブラウンシュヴァイク゠ヴォルフェンビュッテル公（一七一四―七四）の小姓として一七三七年ロシアに渡り、のちに旗持ちとなる。一七三九年、アントン・ウルリヒ公がロシア皇女アンナ・レオポルドヴナと結婚して大元帥に就任し、アンナに息子イヴァン六世が生まれ、その摂政に就任すると、ヒエロニュムスは同年十一月二十七

2　A. F. von Müunchhausenn. *Geschlechts-Historie des Hauses derer von Münchhausen von 1740 bis auf die neueste Zeit.* Hannover. 1872.

日近衛隊の中尉に昇進する。一七三九年に対トルコ帝国戦争に従軍し、このとき戦利品として手に入れたトルコのサーベルが、自慢話の際によく使われたという。

一七五〇年十一月二十四日、一年の休暇を得てボーデンヴェルダーに帰省したが、家の相続のため一七五二年一月二十四日、休暇をさらに一年延長し、そのままロシアには帰らず、ロシア軍から除籍された。その後は領地で狩りを楽しみ、のどかに暮らし、一七九七年二月二十二日に亡くなった。

『一七四〇年から最近にいたるミュンヒハウゼン家一族史』では、ヒエロニュムスをモデルにした「ほら吹き男爵」の物語にも言及されている。ヒエロニュムスが身近の者を集めては生き生きと狩りや旅や戦争の話をしたことが伝えられていて、話術の才があったことがうかがえる。また、著者の父親が聞いた話として、皇女の招きでサンクト・ペテルブルクを訪れ、謁見の間と舞踏会場でスケートをすべってみせた話を、ハノーファーでの宴会でヒエロニュムスが披露し、その場にいる人々から喝采を浴びたというエピソードが紹介されている。また夕食のあとなどに、湯気をたてるポンチを飲み、パイプをくゆらして、興が乗ると、手を振りまわし、鬘《かつら》が頭ではねるほど勢いよく、臨場感たっぷりに話をしたと伝えられている。

その一方で、本書の第六版が一八四九年にでた際、編集に関わった図書館司書エリッセン（出典には姓しか記載がないが、三月革命にも関わった政治家で文学史家のアドルフ・エリッセン〔一八一五―七二〕と思われる）がいうには、若い頃（一七九五年頃）に直接ヒエロニュムス本人に会った父親からの伝聞として、ヒエロニュムス本人は本書に不信感を持っていたという。

著者はこの伝記の中で、この解説でもこれから紹介するラスペとビュルガーのふたりの名を挙げたうえで、ほら吹き男爵の物語とヒエロニュムス本人の接点は「狩猟の物語とロシアとトルコの冒険に限られる」と指摘している。ここから物語はヒエロニュムスつまり「ミュンヒハウゼン男爵」本人を離れて、ひとり歩きをはじめる。まずその先鞭をつけたラスペから紹介しよう。

成立史2　ラスペ版

一七八五年、ミュンヒハウゼン男爵が六十五歳のときに『愉快な人々のための便覧』を元にしたと思われる「ほら吹き男爵」の物語がイギリスで出版される。タイトルは『マンチョーゼン男爵のロシアの奇妙な旅と戦役の話』（*Baron Munchausen's*

Narrative of his Marvellous Travels and Campaigns in Russia)。匿名出版で、五十数ページの小冊子だった。著者の死後一八一一年にヨハン・ゲオルク・モイゼルの『一七五〇年から一八〇〇年に没したドイツ人作家事典』[3]内で、作者がルドルフ・エーリヒ・ラスペ(Rudolf Erich Raspe)であることが明かされる。

カール・ヴィルヘルム・ユスティの『ヘッセンの学者・著述家・芸術家梗概』[4]によると、ラスペは一七三六年、王立鉱物局会計係で鉱石と化石の収集家だったクリスティアン・テオフィルス・ラスペの子として生まれた博物学者だった。一七五五/五六年にゲッティンゲン大学、一七五六年から五九年にかけてライプツィヒ大学で学び、一七六〇年卒業試験に合格したのち、一七六一年からハノーファー王立図書館で司書として働き、地質学の論文やスコットランドの作家ジェイムズ・マクファーソン(一七三六―九六)の著作のドイツ語訳を手がけるなどの活躍をした。一七六七年カッセルで開館準備中のフリデリチアヌム美術館のキュレーターとして招聘《しょうへい》され、教授としてカッセル工科大学でも教鞭を執る。一七六九年にはさらにロンドンの王立協会会員に選ばれ、学者として順風満帆の人生に見えた。

だが、このラスペがイギリスでほら吹き男爵の物語群を匿名で出版することになった経緯はかなり情けないものだ。彼はカッセルでヘッセン゠カッセル方伯フリードリヒ二世の古銭・考古資料室を預かっていたが、借金返済のためにコレクションの一部を横領売却していたことが一七七四年に発覚し、翌七五年イギリスに逃亡したのだ。イギリスでは同年、王立協会から除名され、糊口をしのぐため執筆・翻訳活動に勤《いそ》しみ、鉱業分野でも活動したが、ふたたび不祥事を起こし、一七九四年アイルランド滞在中に猩紅熱《しょうこうねつ》で亡くなっている。

イギリス滞在時代の主な翻訳には、ゲオルク・フォルスターの航海記『世界一周の航海』ドイツ語訳（一七七八年）やゴットホルト・エフライム・レッシングの戯曲『賢者ナータン』英語訳（一七八一年）があり、『マンチョーゼン男爵のロシアの奇妙な旅と戦役の話』がこれにつづく。なお手元にある児童向けに再出版されたラスペ著『マンチョーゼン男爵の驚くべき冒険』（*The Surprising Adventures of Baron Munchausen.*

3　Johann Georg Meusel. *Lexikon der vom Jahr 1750 bis 1800 verstorbenen* Teutschen Schriftsteller. 1811.
4　Karl Wilhelm Justi. *Grundlage zu einer Hessischen Gelehrten-Schriftsteller und Künstler-Geschichte. vom Jahre* 1806. bis zum Jahre 1830. 1831.

1895. 初版は一八〇九年頃）には著者不明の解説があり、それによると、ラスペはゲッティンゲン大学時代、同大学のパトロンであったゲルラッハ・アドルフ・フォン・ミュンヒハウゼン（一六八八―一七七〇）を介して、ほら吹き男爵のモデルであるミュンヒハウゼン男爵ヒエロニュムス・カール・フリードリヒをその居住地ボーデンヴェルダーに訪ねているという。出典がないため真偽のほどは定かではないが、これが本当なら、ラスペがそこで「ミュンヒハウゼン」の語りをじかに聞いた可能性がある。

成立史3　ビュルガー版

ゴットフリート・アウグスト・ビュルガー（Gottfried August Bürger）の『ミュンヒハウゼン男爵のすばらしい旅行記　海と陸、遠征、愉快な冒険の数々』に話をすすめよう。原作の扉には「英語版の最新版より翻訳」の一文がある。ビュルガー版の初版が一七八六年、ラスペ版を元にドイツ語へ逆翻訳したものであることがわかる。ラスペ版自体が匿名出版であり、また著作権やオリジナリティに対する考えが当時はまだ育っていなかった。ビュルガーは翻訳というよりは「翻案」と呼ぶべき大幅な加筆やエピソードの追加削除をおこなっている。

　翻案の特徴は大きく分けてふた通りあるだろう。ひとつは同時代を皮肉る風刺的要素を随所に加えて、物語に奥行きを加えた点だ。たとえば「海洋冒険その一」で話題になる兵士売買の件がその典型だろう。ラスペ版でも第一章に嵐で飛ばされた大木で暴君である族長が押しつぶされ代替わりする話が披露されているが、ビュルガーはそこに「族長は若者をことごとく召集し、自ら鞭《むち》を打って兵士に鍛えあげ、時期を見てはその兵士たちを最も高値をつけた近隣の諸侯に売り飛ばすことまでしていました」の一文を加え、ドイツの諸侯のあいだで横行していた兵士売買を揶揄《やゆ》している。金に困ってとにかく売れる本を作るため、面白おかしく語っただけのラスペ版と大きく異なるところだ。だがこの風刺的要素のゆえに、ビュルガーも訳者であることを亡くなるまで秘していた。

　ちなみに本書の著者がビュルガーであることを最初に明かしたのは、ビュルガーの主治医であったルートヴィヒ・クリストフ・アルトホーフだ。一七九八年にアルトホーフが著したビュルガー小伝『ゴットフリート・アウグスト・ビュルガーのきわめて高貴な生涯についての二、三の便り』[5]の百五十二ページにビュルガーの著作リストがあり、その中に本書のタイトルが確認できる。しかしこの小伝はそれほど注目されなかったらしく、本書の著者がビュルガーであることが一般に知られるようになるのは十九世紀に入ってからだった。

翻案のもうひとつの特徴についても触れておこう。それは民話として口伝されていた物語をミュンヒハウゼン男爵の冒険に混ぜ込んで、より広がりのある物語群にしたところだ。その典型は「海洋冒険その五」の韋駄天男《いだてん》、地獄耳、鉄砲撃ち、怪力男、風吹き男のエピソードだろう。とくに韋駄天男は『子どもと家庭のメルヒェン』の「恋人ローランド」（ＫＨＭ56）や「黄金の山の王様」（ＫＨＭ92）に出てくる七里靴を連想させる。この五人の活躍を描いた「海洋冒険その六」も、したがってビュルガーの創作である。なお「海洋冒険その五」の後段で話題になる洪水の話はラスペ版による。特技を持った五人がこの洪水のエピソードで活躍しないのは、そうした事情から来ているといえそうだ。

ところでビュルガー版は、一七八八年の第二版で大幅に増補され、今日伝えられるほら吹き男爵の物語群の原型となった。第二版の「ドイツ語版に寄せて」にある「英語版原作はすでに五版を数え、ドイツ語翻訳も新版をだすことになった」という言葉からもわかるとおり、ラスペ版第三版以降加筆されたエピソードがベースになっている。ちなみにビュルガー版初版は総ページ数百十九ページに対して、第二版は総ページ数百七十六ページ。具体的には「海洋冒険その七　男爵が退席後、語り手として立った旅の同行者が語った正真正銘の体験談」までが初版で、「続・男爵の物語」以降が第二版で増補された部分にあたる。本書では、ほら吹き男爵ものの全貌《ぜんぼう》が見られるこの第二版を底本にした。

「翻案者」ゴットフリート・アウグスト・ビュルガーについても、ヴァルター・シューブラーの『ゴットフリート・アウグスト・ビュルガー伝』[7]に依拠しながら簡単に紹介しておこう。

ビュルガーは一七七四年に発表したバラード「レノーレ」(Lenore)で詩人としての地歩を固めた。出征した婚約者の身を案じる娘レノーレが神をののしり、やがて死

5　Ludwig Christoph Althof. *Einige Nachrichten von den vornehmsten Lebensumständen Gottfried August Bürger's*. 1798.

6　*Kinder- und Hausmärchen*. 1812–1858.

7　Walter Schübler. *Bürger, Gottfried August BIOGRAPHIE*. Verlag Traugott Bautz, 2012.

者となってあらわれた婚約者に身を委ね、死の世界へと旅立つ話だ。[8]同じ年には、婚約者のいる女性に恋をし、絶望して自殺する若者を描いたヨハン・ヴォルフガング・フォン・ゲーテ（一七四九―一八三二）の小説『若きウェルテルの悩み』（*Die Leiden des jungen Werthers*）が出版され、話題になった。文学史的には「疾風怒濤《しっぷうどとう》」と訳されるシュトゥルム・ウント・ドラングの時代にあたる。啓蒙主義に異議を唱え、理性よりも感情を重視する作風の若い作家が台頭した時期だ。ある意味、十八世紀のカウンターカルチャーだった。ビュルガーもその一翼を担う作家で、本書でも彼の創作部分として、「ふたつの燧石《フリント》が奴の体内でかちあって火花を散らし、轟音《ごうおん》とともに奴を粉砕したのです。後天的《アポステリオリ》に投入した石が先験的《アプリオリ》な石と合致すれば、口うるさい学者や哲人もぎゃふんとなるもの」といった言葉を男爵にいわせている。当時を代表する哲学者イマヌエル・カント（一七二四―一八〇四）の用語である後天的《アポステリオリ》、先験的《アプリオリ》という言葉をわざと滑稽に使って旧来の学者や哲学者を揶揄している。カントの批判哲学のはじまりを告げる『純粋理性批判』（*Kritik der reinen Vernunft*）が出版されたのが一七八一年で、ビュルガーは一七八六年に『純粋理性批判』を愛読していたらしい。翌一七八七年には、カント哲学に批判的だったゲッティンゲン大学で『純粋理性批判』

の講義をしている。はじめは聴講者が二十人程度だったのが、最終的に五十人に膨らんだという。ちなみに一七八七／八八年冬学期のゲッティンゲン大学講義目録には次のように告知されていた。

「カントの『純粋理性批判』の要点を説明する。水曜日と土曜日の午前九時より。無料、できるかぎりわかりやすくおこなう」

ビュルガーは一七四七年十二月三十一日にハルツ地方の村モルマースヴェンデに生まれた。一七四九年生まれのゲーテとは二歳しか離れていない。父親は村の牧師で、一七六〇年にハレのエリート校である師範学校に入学、一七六四年にはハレ大学の神学部に進学する。父親の跡を継ぐことを期待され、将来を属目されたようだが、その後、酒に遊びと放蕩にふけり、三年後の一七六七年には法学に専攻を変えてしまう。神学から法学への転身はある意味、それまで彼を縛っていた価値観への反抗だったようだ。ビュルガーは資金的に援助していた母方の祖父に呼びもどされ、一七六八年春、

8　邦訳は荒俣宏編纂『怪奇文学大山脈Ⅰ　西洋近代名作選【19世紀再興篇】』（東京創元社、二〇一四年）に収録。

あらためてゲッティンゲン大学の法学部に入学する。この年の八月には自作の詩が雑誌に掲載されたり、ホメロスのドイツ語訳に着手したりと、しだいに文学活動に前のめりになっていく。

大学卒業後、一七七二年から八四年まで封建領主ウスラー家の行政司法官となる。この職を斡旋したのはゲッティンゲン大学時代の友人で詩人のハインリヒ・クリスティアン・ボイエ（一七四四―一八〇六）で、彼が設立者に名を連ねる文学誌『ゲッティンゲン詩神年鑑』[9]がビュルガーの詩作の主な発表場所となっていた。

行政司法官の職を辞したビュルガーは一七八四年、ゲッティンゲンに戻り、私講師として大学で美学とドイツ語文体論の講義をはじめる。この時期、すでに文名は上がっていたが、先に紹介した『純粋理性批判』講義など大学での教育活動は無給の場合が多く、生活は困窮していたらしい。一七八九年、四十一歳にしてようやく員外教授となるが、これもあくまで名誉職で、給料は支払われなかった。本書の初版が一七八六年、第二版が一七八八年の刊行であることを考えると、ビュルガーがどんな心境で本書を手がけたか、容易に想像がつくだろう。

だがビュルガーの困難は仕事面だけではなかった。一七七四年十一月二十二日に行政司法官の娘ドロテーア・マリアンネ・レオンハルト（愛称ドレッテ）と結婚したが、まもなく妻の妹アウグステ（愛称モリー）とも愛し合うようになる。その後、三人の関係は小康状態だったようだが、一七八四年七月三十日に妻ドロテーアが結核で亡くなり、出産した赤ん坊も三カ月半で死亡する。翌八五年六月十七日にアウグステと正式に結婚するが、そのアウグステも娘を産んだあと、一七八六年一月九日に亡くなってしまう。どれほど失意のどん底であったかは、友人宛のビュルガーの書簡で確認できる。

興味深いのはこの年の半ばに、失望や悲嘆とは無縁と思われる本書に取り組んでいることだ。岩波文庫版『ほらふき男爵の冒険』の訳者新井皓士《あらいひろし》の解説によると、この年の「秋の書籍見本市に『ミュンヒハウゼン』の名がみられます」という。ではどうやってビュルガーはラスペ版を知ったのだろう。新井皓士は「イギリス青年の手か、あるいはイギリス通の朋友リヒテンベルク、ないしは出版元のディーテリヒの手を通じて」と推測している。

9 *Göttinger Musenalmanach*. 1770–1807.

ゲオルク・クリストフ・リヒテンベルク（一七四二―九九）は一七六二年にゲッティンゲン大学に入学し、のちに同大学の教授になっている知英家で、一七七四年八月から一七七五年末までイギリスに滞在しており、一七七五年九月二十八日付けディーテリヒ宛書簡の中でラスペに会ったと記している。[10] また書簡の宛先人であるヨハン・クリスティアン・ディーテリヒ（一七二二―一八〇〇）は本書のみならず、『ゲッティンゲン詩神年鑑』の版元でもある。

そしてもうひとつの可能性として披瀝されている「イギリス青年」も非常に気になる。そこでも指摘されている三月十六日付けのボイエ宛書簡を見ると、たしかにイギリスから手紙が来て、若いイギリス人を家に下宿させ、指導することになったとの記述がある。「父親のリスバーン卿が息子をブリュッセルまで伴ってくるので、三週間ほどしたらそこへ迎えにいくことになっている」[11] とある。リスバーン卿というのはおそらくアイルランド貴族のウィルモット・ヴォーン・リスバーン伯爵二世（一七五五―一八二〇）ではないかと思われる。のちにリスバーン伯爵三世となる息子のジョン・ヴォーンは一七六九年生まれ、一八三一年没。一七八六年には十七歳だ。この青年を通じてラスペ版の存在を知った可能性はたしかに否定できないだろう。

次にビュルガーの創作活動の中に本書を位置づけてみよう。ビュルガーは根っからの詩人で、膨大な数の詩を残し、一七七八年にはじめて詩集（三二八ページ）を公刊する。ビュルガーはすでに職を得てゲッティンゲンを離れていたため、正式な盟友とはならなかったが、ボイエら友人が一七七二年に結成した「ゲッティンゲン林苑同盟」（Göttinger Hainbund）とも密接な関わりを持った。

また教授職を目指していたビュルガーは一七七六年に『民衆詩論』（*Über Volkspoesie*）という論考を発表する。民衆詩はそれまでの技巧的な詩に対して自然な心情を言葉に乗せる詩を指すが、当時は、国民＝ネーションとは一線を画す民衆＝フォークの発見が重要な意味を持っていた。ジェイムズ・マクファーソンが一七六一年、古代の詩人オシアンが詩作したゲール語の叙事詩を発見したと発表したことに端を発する。この叙事詩はのちに偽書ではないかと疑われ、論争を生むことになるが、

---

10 Lichtenbergs Briefe. Herausgegeben von Albert Leitzmann und Carl Schüddekopf. Erster Band 1766–1781. Leipzig 1901. S. 228.

11 Adolf Strodtmann. Briefe von und an Gottfried August Bürger. Dritter Band. Briefe von 1780–1789. S. 171.

「詩の原風景」とでもいえるものへの強い憧れを多くの作家たちに生じさせた。ドイツで大きな刺激を受けたのが、シュトゥルム・ウント・ドラングの思想や若きゲーテに影響を与えた思想家ヨハン・ゴットフリート・ヘルダー（一七四四―一八〇三）で、一七七三年『オシアンと古代民族の歌についての往復書簡よりの抜粋』[12]は同時代に対する文化批判の意味合いを持ち、それまで神によって授けられたと考えられてきた言語を人間の本性＝自然から生まれたとする『言語起源論』[13]へと発展し、民謡を収集、刊行させるきっかけともなる。[14]この流れはやがてグリム兄弟による『子どもと家庭のメルヒェン』や『ドイツ伝説集』[15]の編纂へとつながっていく。ビュルガーもおそらくヘルダーの影響を受けていて、そうした民衆の原風景を求める探求の最先端にいたといえる。本書に民話的要素が加味されたことも、そのあたりと関連があるだろう。

ビュルガーはまた翻訳活動でも大きな足跡を残している。一七七六年にはホメロスの『イーリアス』第五歌のドイツ語訳、一七七九年には『オシアン』のドイツ語訳の試みをしていて、ここにも民衆詩の考え方との関連性が見られる。また本書に取り組む前の一七八四年にはウィリアム・シェイクスピア（一五六四―一六一六）の『マクベス』ドイツ語訳を上梓している。そして『ゴットフリート・アウグスト・ビュルベス』

ガー伝』によると、一七八一年には、本書の「ドイツ語版に寄せて」にも引用されているゲオルク・ロレンハーゲン（一五四二―一六〇九）『蛙鼠合戦《あそがっせん》』を同時代のドイツ語へ訳す試みも本格的に着手したという。だがこれは残念ながらビュルガーの死によって未完となった。

ここまで「ほら吹き男爵の冒険」の成立過程とその背景を概観してきたが、ビュルガーによって完成を見た『ほら吹き男爵の冒険』はその後、一八〇〇年前後にフランス語、オランダ語、ロシア語、スウェーデン語、デンマーク語に相次いで翻訳され、その人気はドイツ語圏のみならずヨーロッパ各地でうなぎ登りとなり、さまざまな副

12 *Auszug aus einem Briefwechsel über Ossian und die Lieder alter Völker.*
13 Abhandlung über den *Ursprung der Sprache.* 1772. 邦訳は『言語起源論』宮谷尚実訳、講談社学術文庫、二〇一七年ほかがある。
14 『ヘルダー民謡集』嶋田洋一郎訳、九州大学出版会、二〇一八年。
15 Deutsche Sagen.1816–1818. 邦訳は『グリムドイツ伝説集』上下巻、桜沢正勝・鍛治哲郎訳、人文書院一九八七年―一九九〇年。

産物も生みだした。

『ほら吹き男爵の冒険』の研究家ベルンハルト・ヴィーベルによれば、本書の初版が出版された一七八六年から二〇〇四年までにドイツ語圏でだされた「ほら吹き男爵もの」は、じつに六〇〇点にのぼるという。[16] それは本書の再版や再話にとどまらない。ヴィーベルが指摘している変わり種には、ナチ独裁体制下の一九四二年に出版されたカール・テーオドール・ハネン作『防空兵ミュンヒハウゼン』[17] まである。また一九五〇年頃の反共パンフレット（作者不詳、発行元不詳）には、純粋な理想主義から一旦はナチ党員となったが、一九四五年にその愚かさに気づいて、スターリニズムに傾倒し、ドイツ社会主義統一党（＝ＳＥＤ。旧東独を一党独裁していた党の名称）に入党する「ミュンヒハウゼン」が登場しているという。

プロパガンダにまでその名が利用されるところは、戦中の日本で「桃太郎」が「鬼畜米英を倒す日本」の象徴として描かれ、戦後になると今度は一転して話し合いで鬼を従わせる「民主主義桃太郎」に姿を変えたのに酷似している。日本人にとっての「桃太郎」が、さしずめドイツ人にとっての「ミュンヒハウゼン」だといえるかもしれない。

こうした後世への影響については、その影響を受けた訳者自身のことも踏まえつつ「訳者あとがき」で触れたいと思う。

16　BERNHARD WIEBEL : Münchhausen - das Märchen vom Lügenbaron. Über die anspruchsvolle Aufgabe, sowohl literarische Figur als auch literarische Gattung zu sein. 2008. in: Regina Bendix und Ulrich Marzolph (Hg.). Hören, Lesen, Sehen, Spüren: Märchenrezeption im europäischen Vergleich. Institut für Kulturanthropologie / Europäische Ethnologie der Georg-August-Universität Göttingen, in Zusammenarbeit mit der Märchen-Stiftung Walter Kahn. Hohengehern, Schneider Verlag 2008.

17　Karl Theodor Hannen. *Flaksoldat Münchhausen*.

ビュルガー年譜

※ミュンヒハウゼン男爵、ラスペに関する記述を含む

一七二〇年
五月一一日、実在のミュンヒハウゼン男爵ヒエロニュムス・カール・フリードリヒ、現在のニーダーザクセン州ボーデンヴェルダーで生まれる。

一七三七年
実在のミュンヒハウゼン男爵、ブラウンシュヴァイク公子アントン・ウルリヒに仕えるためロシアに渡る。

一七三九年
実在のミュンヒハウゼン男爵、ロシア近衛隊中尉に任官。ロシア・トルコ戦争に従軍。

一七四四年
実在のミュンヒハウゼン男爵、リヴォニア近郊の町ペルニエルでヤコビン・フォン・デュンテンと結婚。

一七四七年
一二月三一日、ゴットフリート・アウグスト・ビュルガー、牧師の息子としてハルツ地方東部のモルマースヴェンデに誕生。

一七五〇年
実在のミュンヒハウゼン男爵、ボーデ

ンヴェルダーに帰省。

一七五九年　一一歳
ビュルガー、アッシャースレーベン私立学校入学。

一七六〇年　一二歳
ビュルガー、ハレ師範学校に転校。

一七六四年　一六歳
ビュルガー、ハレ大学神学部入学。

一七六八年　二〇歳
ビュルガー、ゲッティンゲン大学法学部入学。

一七七二年　二四歳
ビュルガー、文学結社「ゲッティンゲン林苑同盟」(同年九月一二日結成)の詩人たちと交流。

一七七四年　二六歳
ビュルガー、ドロテーア・マリアンネ・レオンハルト（愛称ドレッテ）と結婚。

一七七五年　二七歳
ビュルガー、ゲッティンゲンのフリーメイソン「黄金の両脚規」に入会。

一七七八年　二九歳
ビュルガー、最初の詩集を公刊。

一七七九年　三一歳
ビュルガー、文学雑誌『ゲッティンゲン詩神年鑑』の編集人となる。

一七八一年　三三歳
『愉快な人々のための便覧』(Vade Mecum fur lustige Leute）にミュンヒハウゼン物語が収録され、はじめて活字となる。

一七八四年　三六歳

七月三〇日、ビュルガーの妻ドロテーア死去。ゲッティンゲン大学講師（担当は美学、ドイツ語文体論、哲学）となり、ゲッティンゲンに居を移す。

ビュルガー、シェイクスピア『マクベス』のドイツ語訳出版。

一七八五年　三七歳

六月一七日、ビュルガー、妻の妹アウグステ（愛称モリー）と結婚。

ルドルフ・エーリヒ・ラスペ、『マンチョーゼン男爵のロシアの奇妙な旅と戦役の話』をロンドンのスミス社から出版。ただし、奥付では著者名がなく、刊行年は一七八六年。刊行地はオックスフォードとされていた。

一七八六年　三八歳

一月九日、ビュルガー、二人目の妻モリー死去。

ラスペ、『マンチョーゼン男爵のロシアの奇妙な旅と戦役の話』第二版、出版。

九月、ビュルガー、ラスペ版第二版をドイツ語へ翻訳出版（『ミュンヒハウゼン男爵のすばらしい旅行記　海と陸、遠征、愉快な冒険の数々』初版。訳者匿名、刊行地はロンドンとされていた）。

一七八八年　四〇歳

ビュルガー、ラスペ版の第五版をもとに『ミュンヒハウゼン男爵のすばらしい旅行記　海と陸、遠征、愉快な冒険の数々』第二版を出版。　男爵没。

一七八九年　四二歳

ビュルガー、ゲッティンゲン大学の員外教授に就任。

一七九〇年　四二歳

九月二九日、ビュルガー、エリーゼ・ハーンと結婚。

一七九一年　四三歳

ビュルガー、結核を発病。

一七九二年　四四歳

三月三一日、ビュルガー、エリーゼ・ハーンと離婚。

一七九四年　四六歳

六月八日、ビュルガー没。

一七九七年

二月二二日、実在のミュンヒハウゼン

訳者あとがき

大学院でドイツ文学を専攻していた一九八三年、偶然にも『ほらふき男爵の冒険』と題して、本書の原作が相次いで邦訳された。ひとつは高橋健二訳の偕成社文庫版、もうひとつは新井皓士訳の岩波文庫版。前者は十代の読者も意識してか、性に関わる描写などが割愛されている。後者は、自由闊達《かったつ》な語り口がじつに効果的だ。後者についてはとくに、どういうドイツ語がこの日本語になっているのだろうと興味を抱き、原作をひもとくきっかけになった。新井皓士の訳には舌を巻く。それについてはのちほどすこし触れたいと思うが、まずはどうして当時、このふたつの訳書を手にとることになったか、そのあたりから話をはじめよう。

当時は、諷刺理論に関心を持っていた。「風刺」の要素があるドイツの文学作品を渉猟する中で本書に出会ったということだ。結果としては本書よりもはるか昔の一四九四年に出版された阿呆文学の先駆ゼバスティアン・ブラントの『阿呆船』（尾崎盛景訳、現代思潮新社、一九六八年）に関する論文を大学院博士後期課程の修了論文としてまとめたが、以来、ドイツ文学の中の風刺的な笑いについてずっと関心を持ってきた。

ドイツ文学というと、「教養小説《ビルドゥングス・ロマーン》」という言葉をまず思い浮かべる人が多いかもしれない。「教養」という訳語が当てられている Bildung は本来「形成」という意味で、十八世紀の啓蒙主義の広がりの中で喧伝された「人間形成」を意味すると捉えていい。教養小説は主人公の人間形成が完成するに至るまでの経過を描いた小説だ。また「人間形成」は教育と密接につながっていて、多くの場合、読者の人間形成を促そうという作者の意図が見え隠れする。その意味で、きわめて生真面目な物語だといえる。

だが十八世紀以前にドイツ語で書かれた文学には、こうした視点は欠如していた。逆にいえば、中世以降、とくに活版印刷技術が普及して物語が多く文字に残されるようになる十五世紀以降に紡《つむ》がれてきた「ドイツ語圏の文学」の流れが、啓蒙思想によって否定され、切断されたと捉えることも可能だ。啓蒙主義に対するカウンターカルチャーともいえる疾風怒濤《しっぷうどとう》時代の詩人のひとりビュルガーの『ほら吹き男爵の冒険』は、そうした当時の思潮に逆らう試みだったともいえそうだ。

教養小説が有用な文学だとしたら、『ほら吹き男爵の冒険』は「笑い」の文学の系譜に位置づけることができる。たとえば国王といった社会の頂点にいる人間から一般市民や農民に至るありとあらゆる身分の人をコケにし、欺くトリックスター、ティル・オイレンシュピーゲル（『ティル・オイレンシュピーゲルの愉快ないたずら』藤代幸一訳、法政大学出版局、一九七九年）、あるいはハンス・ザックスの謝肉祭劇（ハンス・ザックス『謝肉祭劇集』藤代幸一・田中道夫訳、南江堂、一九七九年）の常連であった道化ハンス・ヴルスト（十八世紀半ばの啓蒙思想家ヨハン・クリストフ・ゴットシェートによる演劇浄化運動の中で排斥された）など、既成の社会を笑い飛ばし、既成の価値観をひっくりかえすキャラクターがドイツ文学には存在した。文学上のミュンヒハウゼン男爵はそうしたキャラクターの系譜に連なり、しかも十九世紀以降のドイツ語圏でいまなお人気を博している。「解説」の最後で簡単に触れたように、この二百年のあいだに、さまざまな版、再話、そして再話の延長上にある二次創作としての絵本や映像作品が量産されてきた。

日本でも比較的入手しやすいものをあげるとしたら、ペーター・ニクルがロシアの旅を中心に再話した物語に絵本作家ビネッテ・シュレーダーが絵をつけた『ほらふき男爵の冒険』（矢川澄子訳、福音館書店、一九八二年）がある。またミュンヒハウゼン男爵の子孫シュテルン・フォン・ミュンヒハウゼン（ちなみにシュテルンは「星」という意味）を主人公にした星新一の『ほら男爵 現代の冒険』（新潮社、一九七〇年）のような日本オリジナルのシニカルな童話もあるし、子ども向けに抄訳された斉藤洋のシリーズ『ほらふき男爵の冒険』『ほらふき男爵の大旅行』『ほらふき男爵どこまでも』（偕成社、二〇〇七—〇九年）もある。ドイツの児童文学作家として知られるエーリヒ・ケストナーにもダイジェスト版があり、古典を再話した短編集『ケストナーの「ほらふき男爵」』（池内紀訳、筑摩書房、二〇〇〇年）に収録されている。

ケストナーといえば、じつは一九四三年公開の映画『ミュンヒハウゼン』（ヨセフ・フォン・バキ監督）にも台本作家として参加している。この映画はドイツの映画会社ウーファの創立二十五周年記念作品としてフルカラーで撮影された。永遠の若さを得て二十世紀に生きるミュンヒハウゼン男爵が若いカップルにほら吹き男爵の冒険を語るという枠物語になっている。ケストナーの作品は一九三三年からナチによる焚書リストに入り、ナチ体制下の当時、公に名を連ねるわけにいかなかったため、クレジットにはベルトルト・ビュルガーの偽名を使っている。ビュルガーは本書の作者からとったにちがいない。

ケストナーと同時代の作家ヴァルター・ハーゼンクレーヴァーにも、ミュンヒハウゼンに材を取った戯曲『ミュンヒハウゼン』（一九三四年）がある。ユダヤ系であったためナチ体制下、フランスに亡命したハーゼンクレーヴァーは、世界を股にかけるミュンヒハウゼン男爵に根無し草となった自分を重ねたのだ。一九四〇年に服毒自殺した彼の亡命中の数少ない作品だ。初演は戦後の一九四八年（ライプツィヒ市立劇場）で、その後ドイツの公共放送局ＡＲＤでテレビドラマ化され、一九六六年に放映されている。

映像化はこの作品の人気度のバロメーターになるだろう。世界初の映画監督と呼ばれるジョルジュ・メリエスの『ミュンヒハウゼン男爵の夢』（*Les Hallucinations du baron de Münchausen*, 1911）が最初とされているが、これは悪夢を見てあたふたする男爵を描いただけで、ほら吹きとは関係ないが、題名にその名が使われるだけの知名度があったということだろう。その後一九三〇年にはアニメーション『ミュンヒハウゼン男爵の冒険』（*Die Abenteuer des Baron Münchhausen*）が制作されている。こちらはニワトリを盗んだキツネを男爵が馬に乗って追うというメインストーリーの中にいくつか原作のエピソードが組み込まれている。一九四四年には、アニメーター、ハンス・ヘルトによって、原作のエピソードを踏まえたカラー短編アニメーション『ミュンヒハウゼン男爵の冒険―冬の旅』（*Abenteuer des Freiherrn von Münchhausen – Eine Winterreise*）が作られている。この他、実写とアニメーションを合成したカレル・ゼマン監督の短編「ほら男爵の冒険」（"Baron Prášil," 1961）や、日本で『バロン』の題名で知られるテリー・ギリアム監督作品（*The Adventures of Baron Munchausen*、一九八九年公開）がある。

二〇一六年に出版されたグラフィックノベル『ミュンヒハウゼン―嘘についての真実』（Flix/Bernd Kissel, *Münchhausen – Die Wahrheit übers Lügen*. Carlsen, 2016）も興味深い。第二次大戦前夜、ロンドンで精神分析家フロイトが二十世紀のほら吹き男爵ともいえる謎の人物に出会い、その人物の話の真偽を確かめるという設定で、風刺の力がしっかり受け継がれている作品だ。

さて、今回の新訳について。二百年以上前の作品ということもあって、現代では死語になった単語や、意味が変わってしまった単語も少なくない。個々の意味の確認は、グリム兄弟編集によるドイツ語辞典（Deutsches Wörterbuch von Jacob Grimm und Wilhelm Grimm. 1852–1971）をひもとくのが王道だが、兄弟が生前執筆したのはAからEまでで、それから百年以上かけて後世のドイツ語学者が兄弟の遺志を受け継いで完成したものだ。今回はそれ以前に編纂されたドイツ語辞書の助けが必要だった。主に利用したのはヨハン・クリストフ・アーデルング（Johann Christoph Adelung）の『高地ドイツ語の文法的批判的辞典』（*Grammatisch-kritisches Wörterbuch der hochdeutschen Mundart*）全五巻だ。この辞書は初版が一七七四年から一七八六年にかけて、つまり本書とほぼ同時期に出版されている。

例として「貴族」を意味するEdelmannを引いてみよう。グリムのドイツ語辞書では、英語のジェントルマン（gentleman）と同義とされ、「かつてはよく騎士（Ritter）と区別されていた」とある。一方アーデルングによると「低位の貴族階級の男性。かつては高位の貴族階級を意味した」とある。

ラスペ版でジェントルマンが使われている例を二カ所あげてみよう。

①I shall not tire you, gentlemen, with the politics, arts, sciences, and history of this magnificent metropolis of Russia,

②and to such sports, manly exercises, and feats of gallantry and activity, as show the gentleman better than musty Greek or Latin,

ビュルガーはそれぞれ次のように表現している。

①Ich will Ihnen, meine Herren, mit Geschwätz von der Verfassung, den Künsten, Wissenschaften und andern Merkwürdigkeiten dieser prächtigen Hauptstadt Rußlands keine lange Weile machen;

②endlich an solche Lustparthien, Ritterübungen und preisliche Thaten, welche den Edelmann besser kleiden, als ein Bischen muffiges Griechisch und Latein,

英語のgentlemenにあたる単語は、①ではmeine Herren、②ではEdelmannと使い分けられている。英語のgentlemenの文脈はyou, gentlemenというように聴衆への呼びかけだ。その場にいるのが男性だけなのでこういう言い方になっているのだろう。男女そろっていればおそらくladies and gentlemenとなるところだ。つまり「紳士淑女のみなさま」。ドイツ語ならMeine Damen und Herren。gentlemenをビュルガーがmeine Herren（紳士のみなさま）と訳したのは文脈からいって順当だろう。

この部分をまず岩波文庫版の新井皓士訳から引用しよう。

諸君、憲政やら芸術、学術その他この絢爛《けんらん》たるロシアの都のめぼしい事柄を、喋々《ちょうちょう》弁じて諸氏を退屈させるのはワガハイ本意ではない。

「諸君」がmeine Herrenに相当する。これは男爵が自分を「ワガハイ」と称しているので、対応関係は妥当だが、〈諸君〉対〈ワガハイ〉という人間関係でこの物語全体の文脈が決まる。この新訳では、こう訳してみた。

国家体制や芸術や学問など絢爛たるロシア帝都の見所についていくらとりとめのないお話をしても、みなさんには退屈なだけでしょう。

ビュルガー版の原文では Ihnen, meine Herren とある。meine Herren は Ihnen（「あなた」の複数形三格）の言い換えなので、あえて訳さず「みなさん」一語にした。

また新井皓士訳の特徴は、先の引用部につづく文章の訳文に顕著だ。

客を迎えるに主婦《マダム》たるもの火酒《チュー》と接吻《チュー》をもってする上流社会《ボントン》の、さまざまな陰謀《たくらみ》やらおもしろい火遊び《アヴァンチュール》をお話し致す気は更におこらぬのであります。

「火酒」「接吻」に「チュー」なるルビを振り、さらに「火遊び《アヴァンチュール》」の「チュー」にもかけて言葉遊びをしている。「火酒」に相当する Schnaps と「接吻」に相当する Schmatz はたしかに頭韻を踏んでいるともとれるが、訳者の創作が加えられていることとは否定できない。翻訳にあたっては、原文のもつ響きの面白さと意味の面白さのどちらを重視すべきかという問題がつきまとう。新井皓士訳には響きの面白さを重視しているところがある。

だが翻訳で、響きの面白さと意味の面白さを両立させるのはきわめてむずかしい。韻文であれば、響きの面白さに配慮すべきなのはいうまでもないが、本書は散文であり、言葉の「響き」よりも、「意味」によって伝達される風刺的要素や滑稽さに妙味がある。この新訳では、意味の面白さを重視することにした。その際、作者の意図に寄り添いながら原文の内側に入って、浮かびあがってくる日本語を探るよう心がけた。

原文全体を見渡していて、まず決まったのが、語り手の一人称だ。ドイツ語の一人称 ich には、年齢差も性別も階級差もない。一方、日本語の一人称は「わたし」「おれ」「ぼく」「うち」など多彩で、それぞれにＴＰＯ、つまりコンテクストがある。新井皓士訳では「ワガハイ」だ。これが決まると二人称も対応して「諸君」となる。そして芋づる式に訳文全体の文体も決まる。「ワガハイ」には尊大な響きがある。「人間の体を借りた悪魔」を自称するデーモン閣下なら、そのコンテクストにぴったりはまるが、ミュンヒハウゼンの場合、自分の屋敷に来た客の前や宴席でほら話を披露している状況を考慮すると、語り手の立ち位置はすこし違うところにあるように思える。

語り手にはへりくだらせた方が、荒唐無稽な自慢話との落差が大きくなるのではないか。そう考えたとき脳裏に浮かんだのが「小生」だった。本来、書面で使われる一人称ではあるが、男性がへりくだるときの表現だし、古風な感じも出るだろう。今回の訳文はこの「小生」によってすべて決まったといっても過言ではない。

さて、こうやって生まれた、二百年以上も前の荒唐無稽なほら話の新訳、楽しんでいただければ、これにまさる喜びはない。

最後に本書の挿絵について触れておこう。原書の扉には「さらに銅版画にて飾る」とあるが、本書では後世のフランス人画家ギュスターヴ・ドレ（一八三二―一八八三）が製作した挿絵を採用した。これはフランス語版（一八六二年）に初めて収録されたものだが、本書の図版は一八七二年の同書ドイツ語版初版から採録している。

原作にもたしかに銅版画の挿絵があるが、一七八六年の初版で九葉（教会の屋根に引っかかった馬を撃ち落とす話、シカの眉間にチェリーが実った話、オオカミに襲われた話、真っ二つにされた馬が水を飲む話、乗馬の場面、月の登る話、熊にくさびを打つ話＋砲弾に乗って飛ぶ話、巨大魚に飲まれた話、トルコの巨砲を担ぐ話、ナイル川洪水の話）、一七八八年の第二版では本文の増補にともなって二葉追加（盾を持つ月人の図、頭を小脇に抱える月人の図、なお先の九葉も構図は類似するものの改版されている）とボリュームが少なく、迫力もそれほどではない。歴史的価値は認められるが、読み物として完成度を上げるには、躍動感があり、さまざまな解釈を織り込んだ百五十点（カットを含む）に及ぶドレの挿絵の方が作品の面白みを倍増させられると判断した。このあとがきの冒頭で紹介した新井訳（岩波文庫版）、高橋訳（偕成社文庫版）でもドレの挿絵が採用されていた。

ギュスターヴ・ドレは十代で画力が認められ、パリの出版者シャルル・フィリポンによる『笑いのための新聞』（*Le Journal pour rire*）で風刺画を手がけたのち、ラブレー全集、ダンテの『神曲』、『聖書』、『ペロー童話集』、ミルトンの『失楽園』、セルバンテスの『ドン・キホーテ』などの名著に挿絵を描き、十九世紀を代表する挿絵画家となった。

ほら吹き男爵の物語には、古来多くの画家が挿絵を描いている。ビュルガー没後の挿絵でよく知られているものには、テーオドール・ホーゼマン（一八〇七―一八七五）の十五葉、イギリスの風刺画家ジョージ・クルックシャンク（一七九二―一八七八）の木版画五葉（ただしラスペ版）、ウィーン応用美術大学で学んだハンガリーのグラフィックデザイナー、ヨゼフ・フォン・ディヴェキ（一八八七―一九五一）のユーゲントシュティール様式で描かれた挿絵二十一葉（一九一二年作）、オーストリアの幻想画家として知られるアルフレート・クビーン（一八七七―一九五九）のペン画十二葉（一九四二年作）などがある。描かれる場面はかさなることが多く、それぞれの画家が荒唐無稽なミュンヒハウゼン男爵の話をどういう構図と解釈で描いたか見比べるのも面白い。

光文社 古典新訳 文庫

ほら吹《ふ》き男爵《だんしゃく》の冒険《ぼうけん》

著者 ビュルガー
訳者 酒寄《さかより》 進一《しんいち》

2020年6月20日 初版第1刷発行

発行者 田邉浩司
印刷 萩原印刷
製本 ナショナル製本

発行所 株式会社光文社
〒112-8011東京都文京区音羽1-16-6
電話 03（5395）8162（編集部）
03（5395）8116（書籍販売部）
03（5395）8125（業務部）
www.kobunsha.com

ISBN978-4-334-75426-6 Printed in Japan

いま、息をしている言葉で、もういちど古典を

長い年月をかけて世界中で読み継がれてきたのが古典です。奥の深い味わいある作品ばかりがそろっており、この「古典の森」に分け入ることは人生のもっとも大きな喜びであることに異論のある人はいないはずです。しかしながら、こんなに豊饒で魅力に満ちた古典を、なぜわたしたちはこれほどまで疎んじてきたのでしょうか。

ひとつには古臭い教養主義からの逃走だったのかもしれません。真面目に文学や思想を論じることは、ある種の権威化であるという思いから、その呪縛から逃れるために、教養そのものを否定しすぎてしまったのではないでしょうか。

いま、時代は大きな転換期を迎えています。まれに見るスピードで歴史が動いていくのを多くの人々が実感していると思います。

こんな時わたしたちを支え、導いてくれるものが古典なのです。「いま、息をしている言葉で」——光文社の古典新訳文庫は、さまよえる現代人の心の奥底まで届くような言葉で、古典を現代に蘇らせることを意図して創刊されました。気取らず、自由に、心の赴くままに、気軽に手に取って楽しめる古典作品を、新訳という光のもとに読者に届けていくこと。それがこの文庫の使命だとわたしたちは考えています。

このシリーズについてのご意見、ご感想、ご要望をハガキ、手紙、メール等で翻訳編集部までお寄せください。今後の企画の参考にさせていただきます。
メール　info@kotensinyaku.jp

光文社古典新訳文庫　好評既刊

みずうみ／三色すみれ／人形使いのポーレ
シュトルム
松永 美穂 訳
歳月を経るごとに鮮やかに蘇る初恋……。幼なじみとの若き日の甘く切ない経験を叙情あふれる繊細な心理描写で綴った、根強い人気を誇るシュトルムの傑作3篇。

車輪の下で
ヘッセ
松永 美穂 訳
神学校に合格したハンスだが、挫折し、故郷で新たな人生を始める…。地方出身の優等生が、思春期の孤独と苦しみの果てに破滅へと至る姿を描いた自伝的物語。

デーミアン
ヘッセ
酒寄 進一 訳
年上の友人デーミアンの謎めいた人柄と思想に影響されたエーミールは、やがて真の自己を求めて深く苦悩するようになる。いまも世界中で熱狂的に読み継がれている青春小説。

ペーター・カーメンツィント
ヘッセ
猪股 和夫 訳
青雲の志、友情、失恋、放浪、そして郷愁……。青春の苦悩と故郷への思いを、孤独な魂を抱えて生きてきた初老の独身男性の半生として書きあげたデビュー作。（解説・松永美穂）

水の精《ウンディーネ》
フケー
識名 章喜 訳
騎士フルトブラントは、美少女ウンディーネと出会う。恋に落ちた二人は結婚しようとするが……。水の精と人間の哀しい恋を描いた宝石のように輝くドイツ幻想文学の傑作。待望の新訳。

★続刊

ミミズによる腐植土の形成　ダーウィン／渡辺政隆・訳

家族の協力を得、自宅の裏庭につづく牧草地の一角に石灰をまき、土を掘り返しての観察と実験を重ねること40年。土のなかに住む小さな生き物ミミズの働きと習性について生涯をかけて研究したダーウィン最後の著作。まさに「ミミズはすごい」。

フランス革命の省察　エドマンド・バーク／二木麻里・訳

「保守主義のバイブル」とも言われる政治家・思想家E・バークの代表的著作。革命が進行するさなかに書かれ、理性を絶対視した革命政府の社会改革を、宗教、行政、軍事から経済政策に至るまで批判し、その後の恐怖政治の到来をも予期した。

ミドルマーチ3　ジョージ・エリオット／廣野由美子・訳

カソーボン夫妻とウィルの三角関係が思わぬ形で終局を迎える一方、リドゲイトとロザモンドの夫婦間にも経済問題から亀裂が入る。また、バルストロードの暗い過去が明らかになり……。人間模様にさらなる陰影が刻まれる第3巻。（全4巻）